colección alandar **a**

Juegos inocentes juegos

Ricardo Gómez

Para GREG
(de parte de JANE)
¡Que el mundo real
y el virtual
te regalen
apasionantes sorpresas!
Un abrazo!   Ricardo Gómez

EDELVIVES

Dirección editorial:
Departamento de literatura GELV

Dirección de arte:
Departamento de imagen y diseño GELV

Diseño de la colección:
Manuel Estrada

Fotografía de cubierta:
Bordó Buenos Aires con imagen de Thinkstock

Impresión:
Edelvives Talleres Gráficos. Certificado ISO 9001
Impreso en Zaragoza, España

ISBN: 978-84-263-9050-9
Depósito legal: Z 1022-2013

**El 0,7% de la venta de este libro se destina a proyectos de desarrollo de la ONGD SED
(www.sed-ongd.org).**

FICHA PARA BIBLIOTECAS

GÓMEZ, Ricardo (1954-)
Juegos inocentes juegos / Ricardo Gómez. – 1ª ed. – [Zaragoza] :
Edelvives, 2013
181 p. ; 22 cm. – (Alandar ; 143)
ISBN 978-84-263-9050-9
«XIII Premio Alandar» –cub.
1. Videojuegos. 2. Aviones. 3. Valores humanos. 4. Adolescencia.
I. Título. II. Serie.
087.5:821.134.2-31"19"

Novela ganadora del
XIII Premio Alandar de Narrativa Juvenil

El jurado se reunió el 25 de enero de 2013.
Estaba compuesto por Andrea Villarrubia (profesora),
Pablo Barrena (crítico literario), Luisa Mora (bibliotecaria),
Francisco Díaz Valladares (escritor), M.ª José Gómez-Navarro
(editora) y Belén Martul (presidenta del jurado).

UNO

En el mundo real me llamo Sebastian, sin tilde en la a, pero son pocos los que utilizan ese nombre. Muchos más me conocen como *El Asesino*. No es que me guste demasiado, pero a estas alturas no puedo hacer nada para evitarlo.

La gente que me llama Sebastian piensa que siempre he sido un chico difícil. Mis profesores se lo explican refiriéndose a la separación de mis padres, la muerte de mi hermana y blablablá, todos esos tópicos. Son chorradas, pero reconozco que a veces me he escudado en ellas. Ahora me sirven cada vez menos. Todo el mundo espera que alguien de diecisiete años vaya asentando la cabeza. Asentar la cabeza... Vaya estupidez.

Los que me conocen como Asesino dicen que soy bueno en lo mío. Muy bueno. Y que ese nombre me viene como anillo al dedo. En realidad, no siempre me dedico a matar, pero hay *nicks* pegajosos, como algunos chicles que te sacas de la boca para tirar a la basura y se te quedan adheridos a los dedos. Un asco. Pero es más fácil deshacerse de un chicle pringoso que quitarse de encima cierta fama, sobre todo si se resume en una sola palabra, tan sonora. No me pusieron *Killer,* sino *Assassin,* cuyo sonido evoca la forma de matar de una serpiente, porque dicen que soy frío y sibilino. A estas alturas esa etiqueta me conviene. Es como en el instituto: la gente cae en la trampa fácilmente. Si tienes prestigio por algo, aunque sea por algo negativo, más vale que lo utilices en tu favor, y eso es sencillo a poco que tengas dos dedos de frente.

A mi madre no se me ocurriría confesarle que me conocen como El Asesino. La pobre se entristecería. Lo suyo es una cuestión moral, lo entiendo. Aunque no va a misa y rollos de esos, es religiosa a su manera y piensa que unas cosas están bien y otras no, y matar siempre está mal aunque sea en los videojuegos.

Hoy, por ejemplo, estábamos cenando y puso mala cara cuando cogió el teléfono y me lo tendió. Es *esa,* me dijo secamente. Aunque no conoce a quien hay al otro lado de la línea (yo, la verdad, tampoco), sabe para qué me llaman, y eso no le gusta. Piensa que me van a pervertir o algo así. Considera que el dinero que gano es demasiado fácil, y que debe de haber gato encerrado. A veces me da charlas bienintencionadas sobre pornografía infantil, estafas por Internet o *jaques* que han acabado en la cárcel por fisgar en ordenadores ajenos, cosas que oye por ahí. Tiene miedo de que un día la policía vuelva a buscarme, de que el dinero que recibo venga del tráfico de drogas… A saber cuáles son sus fantasías.

Lo que sabe es que cuando me llama *esa,* poco después me encierro en mi habitación y ella no debe entrar. No le gusta, aunque a veces la he invitado a que se quede conmigo, para que se tranquilice de una vez.

Se lo dije sobre todo estos quince días de atrás, que estuve probando *drones* y no tenía que disparar ni nada de eso. Hoy me han citado a las once y no la invitaré. No le apetecería presenciar lo que voy a hacer. Le disgustaría ver cómo introduzco mi nick: A-S-S-A-S-S-I-N, y luego mi contraseña. Y le repugnaría mucho más lo que viene a continuación.

Tras colgar el teléfono volví a la mesa y le dije lo de otras veces: Mamá, solo son juegos. Ella agachó la cabeza, esbozó media sonrisa y me dijo: Anda, acábate la cena, que se habrá quedado fría.

A veces me gustaría vivir solo. Sueño con vivir solo, aunque creo que es algo que tardaré mucho en hacer. Mi madre se consumiría de pena si me fuera de casa, si por alguna razón tuviera que quedarse sola. A veces pienso que la única manera de vivir solo pasa por que ella se muera, y eso me entristece. La vida ha sido muy cruel con mi madre, pero también es cierto que siempre se la ha tomado a la tremenda.

De pequeño me daba miedo que se echara un novio, pero ahora ya no. Incluso a veces se lo he dicho, que no me importa que tenga otro marido, siempre que sea buen tipo, claro. Ese hombre no sería mi padre, pero ella se sentiría más acompañada y yo no tendría el peso de andar siempre al tanto de si está angustiada o no.

Supongo que si tuviera un novio, cuando yo me fuera a la habitación ellos dos se irían a la cama y se entretendrían un rato. Mi madre no estaría pensando todo el rato en qué diablos hago encerrado.

Y yo no andaría pendiente de ella. A veces no soy tan *buen asesino* como podría porque no me la puedo quitar de la cabeza, como si me hubieran clavado una chincheta en el cerebro. Es increíble, pero mato con remordimientos. Si mis enemigos lo supieran, se burlarían de mí.

DOS

Por las mañanas voy al instituto, pero no temáis, que no os voy a hablar de él. Más o menos, todos habéis pasado por eso y sabéis cómo va.

No soy lo que se dice un tipo con muchos amigos. Nadie allí sabe a qué me dedico. La mejor forma de no despertar envidias es pasar desapercibido, aunque casi todo el mundo sabe algo de mi historia, mi nombre, dónde vivo... y poco más. Bueno, y que soy alguien complicado, con quien no deben meterse. Con eso basta.

Tampoco es que me lleve especialmente mal con nadie. Soy un bicho raro en el sentido biológico del término. Hace tiempo estuve al borde de la extinción, pero ahora soy más bien una especie protegida, por una de esas curiosidades que ocurren en los ecosistemas llamados institutos. Algún día, si acaso, os contaré la historia. Tengo la teoría de que uno no debe contar cosas de las que puede arrepentirse más tarde.

Decía que casi no tengo amigos, pero sí seguidores. Decenas, cientos, quizá miles. También hay mucha gente que me odia, tal vez más que seguidores.

No conozco personalmente a quienes me odian, pero están ahí. Es curioso que la hostilidad pueda transmitirse por ondas o por cable, como si fuera algún tipo de radiación electromagnética. Sé que en realidad lo dirigen hacia El Asesino, y no hacia un tal Sebastian, pero su odio no es virtual. Las imágenes del ordenador son combinaciones de *bytes* y de luces de color, pero su odio es sólido y real. Y superconductivo: fluye por Internet con menos resistencia que el cariño o la admiración.

Me da igual que me odien. Estoy lejos de ellos y no pueden hacerme daño, daño de verdad. A la gente que odia se le nota por la forma de moverse, de pelear e incluso de morir. En realidad se matan ellos mismos, de tanto odio como sienten. Se les nubla la cabeza y al final cometen errores y sucumben.

Es lo que ocurrió anoche. Hay que ser idiota para ponerse un nombre como *Bloody Wrestling*. Un fanfarrón, me di cuenta en cuanto apareció, por su forma de saludar y de luchar. Estoy seguro de que sabía que peleaba contra El Asesino, y matarme debió de parecerle la oportunidad de su vida. Se haría famoso y todo eso, al menos durante algunos días.

Ya he dicho a veces que prefiero que no sepan quién soy, pero no me hacen caso. Me dicen que eso es bueno porque estimula a la gente, pero creo que no. La envidia, la furia o el deseo de fama hacen más incapaces a mis enemigos, y al final acaban perdiendo. La verdad es que perderían de todos modos, pero vivirían más y aprenderían más si salieran a luchar descargados de esas toxinas.

Debe de ser la diferencia entre ellos y yo. Cuando lucho, no odio, y tampoco tengo miedo. Es solo un juego.

En pocas horas, clink, mi cuenta en el banco habrá aumentado en otros cien euros. Es lo que me pagan cuando gano, una pasta, y todo por estar sentado hora u hora y media probando videojuegos. No me extraña que mi madre piense que es dinero fácil. Ella tiene que estar veinte horas, dos días y pico de trabajo, cocinando y sirviendo comidas a niños gritones para ganar esa cantidad, y luego sudar fregando cacharros y suelos.

Sí, cien euros es lo que me pagan si gano. Y gano siempre. Debo confesarlo: casi siempre. Este año perdí una vez, pero andaba mal, con gripe, estaba cansado y dejé que ese chico ganase. Debió de sentirse feliz.

La mujer que me llama por teléfono algunas noches se llama Catarina. Al menos es como suena, pero es posible que se escriba Katharina, o alguna de sus variantes porque nunca firma sus correos. Al comienzo mi madre pensó que era un ligue y no dejaba de hacerme preguntas. Cuando al cabo de un tiempo le conté para qué me llamaba, torció el gesto sospechando que se trataba de alguna extranjera degenerada. Debió de pensar: ¿Jugar con su hijito? ¿Con el ordenador y por las noches? ¿Y con dinero de por medio? Esa no debe de ser trigo limpio, hijo, recuerdo que me dijo.

Mi madre habla de Catarina como de «esa». Te llama *esa*, me dice cuando suena el teléfono. ¿Has quedado otra vez con *esa?*, pregunta. Ni siquiera dice «ella». «Esa» es la forma que tiene mi madre de referirse a una cosa.

Pobre madre. Si supiera…

Hace unos meses, aprovechando el verano, pintamos la casa. Estaba hecha una cochambre, la verdad. Cuando le dije a mi madre que era necesaria una mano de pintura y que yo pagaría los gastos, se puso hecha una furia. Debió de pensar que eso era obligación suya, y que mi idea era una crítica porque a ella no se le hubiera ocurrido, pero juro que lo hacía sin doble intención, como un regalo. Mi madre es tan enrevesada que le hace sentir culpable a uno. Lo hace sin querer, pero así es, y lo peor es que ella sufre también.

Me sentí orgulloso cuando fui al banco a sacar dinero para pagar a los pintores. Era una forma de comprobar que lo que hacía servía para algo, porque muchas veces tengo dudas. Ganar dinero jugando es una cosa que, vista de cierta manera, no está bien. A mí me parece de pirados que la gente vaya a los casinos o al bingo a dejarse la pasta, pero lo de los videojuegos no funciona así. Yo no hago esto por el dinero, aunque me venga bien.

Aunque a veces he pensado: ¿y si conmigo se hacen apuestas? Puede ser que haya por ahí anuncios del tipo «EMOCIONANTE COMBATE ASSASSIN VS. HOODED DEAD, UNO CONTRA CINCO». Me digo que si fuera así lo dejaría. Creo lo que me dice Catarina, que tienen un equipo de probadores para mejorar videojuegos, detectar fallos y afinar estrategias. Por lo visto, yo estoy en el nivel A. Hay otras dos categorías más: A+ y A++. No sé cuánto les pagarán a ellos. Quizá ellos maten más y mejor que yo.

Tal vez penséis a estas alturas que soy un sádico o algo parecido, que disfruto con la sangre, disparando y cargándome a la gente. No. Es solo un juego. Y no son precisamente los juegos ofensivos los que más me gustan. A veces, mi papel es sobrevivir, huir desprotegido de enemigos fuertemente armados, sortear trampas y resolver dilemas lógicos. También gano. Dicen que tengo un sexto sentido para estas cosas.

Me lo dijeron hace tiempo y tienen razón. Me resulta sencillo, tan natural como respirar, parpadear y caminar a la vez.

Ya he dicho que me he tirado también dos semanas probando *drones,* aviones sin piloto. Si pudiera, algún día me haría ingeniero aeronáutico, aunque sospecho que para eso habrá que pegarse una panzada a estudiar, y estudiar a lo bestia es algo que no me apetece demasiado.

No quiero pensar en a qué me voy a dedicar de mayor. Tampoco tengo claro que quiera ser mayor. No está mal lo de ahora, aunque tenga que pagar el precio de ir todos los días al instituto. Sospecho que uno no se puede pasar la vida jugando con ordenadores, aunque tengo ganas de pasar a los niveles A+ y A++. No por el dinero, sino porque debe de ser más emocionante. Los juegos de hoy tienen un nivel increíble, nada que ver con los de hace cuatro años, cuando empecé.

Supongo que muchos se dejarían cortar algo valioso por hacer lo que hago, y podría ganar más dinero si hiciera caso a Catarina. Mi límite es hora y media diaria, veinte noches al mes.

Pero no creáis. También acabo agotado. Hay noches en que me tengo que duchar después del juego, lo que sé que mosquea a mi madre, que anda siempre pendiente de cuándo acabo y si abro la puerta.

Mi madre me agobia, lo reconozco.

TRES

Cuando era pequeño y en casa todos parecíamos felices, creía que mi padre era mago.

Hacía cosas que me parecían fascinantes. Por ejemplo, colocaba platillos con líquidos en la ventana y me decía: Ya verás, dentro de unos días verás... Al cabo del tiempo contemplaba cristales de colores que me parecían salidos de la nada.

O ponía en una botella un líquido y luego echaba lo que él llamaba polvos mágicos. Ajustaba un globo al cuello de la botella y poco después el globo se inflaba.

Tardé mucho en darme cuenta de que mi padre no era mago, sino un impostor, aunque no por eso, sino por otros motivos.

No me gusta recordar cosas que me han ocurrido, aunque durante una temporada estuve con una sicóloga que me preguntaba y preguntaba y preguntaba por el pasado. Casi siempre, yo callaba.

Prefiero dar vueltas a asuntos del pasado que no tienen que ver conmigo. Por ejemplo, en cómo se las apañaba la gente antes de que hubiera cerillas. Ya sé: el rollo ese de golpear dos piedras y frotar palos, pero os juro que eso lo he intentado a veces, y nada, ni chispas ni calor. Lo más que sacas de eso es que te duelan las manos. ¡Con lo fácil que es rascar una cerilla y encender fuego!

¿No habéis pensado nunca en qué os llevaríais, por ejemplo, si pudieseis viajar a la época de los romanos o a la prehistoria? Creo que yo iría a un chino y me llevaría cien cajas de cerillas. Hoy, por un euro dan tres de las grandes. ¡Me haría rico y famoso! Parecería un mago.

También pienso en las cosas del futuro. ¿Qué os traeríais a la época actual si viajarais dentro de cincuenta o cien años? Eso es más difícil, eh.

Hace unos años, los juegos de ordenador estaban bien. A veces he comprado revistas para enterarme de novedades y he leído cosas sobre gráficos vectoriales, sonidos envolventes, máquinas de núcleo cuádruple... A mí las tripas de esos asuntos me importan un pito. Mis colegas de clase se pasan el recreo presumiendo de que si tienen un ordenador tal o cual o de si su móvil hace no sé qué pijadas. Yo ni tengo móvil, lo que me confirma como un bicho raro. De lo que hablaba es de que los juegos de hoy son fabulosos, y supongo que los de dentro de dos años serán alucinantes. Esos son los que yo pruebo. A veces te da la sensación de que estás dentro de un mundo real. Solo por los retardos, los bocadillos de cómic añadidos, los marcadores y los efectos especiales se distinguen de algo auténtico. A veces me pregunto cómo serán los juegos del futuro, con la realidad aumentada y asuntos parecidos.

Y no solo están los juegos. Los *drones* no tienen piloto ni pasajeros, llevan mapas del terreno y se guían mediante GPS. Dentro de un tiempo habrá un juego que utilice *drones* que habré probado yo. He despegado con ellos, he aprendido a hacerlos aterrizar en terrenos no más grandes que un campo de balonmano, he maniobrado entre edificios de una ciudad y los he conducido en lugares desérticos y helados. Me lo fueron poniendo cada vez más difícil: ascender con hielo en las alas, orientarte si se ha frito el navegador, volver a un lugar seguro con el depósito vacío, aterrizar de noche y sin aviso en un portaaviones...

A veces pienso que vivo en el futuro. Algunas cosas que millones de personas harán dentro de uno o dos años, las habré hecho yo antes. A lo mejor por eso me gusta lo que hago. Me aleja del pasado.

Ayer conocí a alguien bueno. Se hace llamar *Chandra*. Es tranquilo y frío, lo noté cuando nos saludamos. La gente de Catarina hace comenzar los duelos de una forma que me agrada. Obliga a que los contrincantes nos saludemos como en antiguas ceremonias japonesas. Caminamos hasta que estamos muy cerca y hacemos una reverencia. Luego, nos dirigimos hacia las posiciones iniciales en las que comienza el juego, que pueden ser muy distintas: uno en el borde de un pozo y otro colgado de un cabrestante, por ejemplo. Antes de empezar, en una pantalla nos informan de cuáles son nuestras situaciones y de qué armas o habilidades disponemos cada uno. La información dura solo un minuto. Hay que ser muy rápido. Eso ya forma parte del juego.

Chandra es respetuoso y ágil. No hace trampas. Es listo y sabe esperar. Tiene reflejos y es capaz de anticipar algunos de mis movimientos. Sin duda es un clase A, no como muchos con los que he competido hasta ahora. Aunque acabó perdiendo, no noté su ira antes de morir.

Busqué en la *wiki*. «Chandra» es el nombre de un telescopio de rayos X, pero también el dios de la Luna en la mitología hindú.

Antes de que me llamaran El Asesino, yo me llamaba Antares. Es una estrella a la que los árabes llamaban «el corazón del escorpión».

Chandra y Antares. Los dos en el cielo. Yo brillo más, pero él será muy bueno. Si tiene paciencia.

El dorado Rolex falso colgado en el marco de la puerta marcaba las nueve menos cuarto y el calor ya era sofocante.

Hazrat Banaras, el más anciano de los miembros de la Jirga local, tomó el bastón, salió de la casa y caminó, arrastrando la pierna renqueante, hacia las afueras del poblado.

Sobre el cerrillo a cuyo pie se amontonaban miles de latas, esperaban ya los primeros niños. Otros llegaban corriendo de lejos, procedentes del pueblo vecino. El calor hacía vibrar la línea del horizonte y era posible que entre esa bruma viniesen algunos chiquillos más.

Esos niños deberían estar en la escuela, pensó.

Si la escuela funcionase, precisó poco después.

Aún faltaban cien pasos para llegar cuando, en medio de la algarabía, algunos brazos señalaron el horizonte. Él alzó la cabeza hacia donde indicaban los niños, pero no vio nada. Trató de aguzar la vista y colocó la mano sobre sus cejas como visera. Nada.

Los gritos se hicieron más intensos y decenas de brazos señalaron un vacío en el cielo. Un juego de niños ociosos, se dijo. Nadie en el pueblo había logrado ver lo que ellos decían haber visto.

Estaba a punto de abandonar cuando lo vio. No hacía ruido y era pequeño como un juguete. Volaba despacio y a poca altura, quizá a cien pies por encima de las cabezas infantiles. Muchos niños saltaban, estirando los brazos como si quisieran agarrar aquel pájaro silencioso, mientras sus gritos se hacían más agudos.

Los dedos de los niños trazaron un arco en el aire siguiendo su trayectoria hasta el lado opuesto del horizonte. Luego, dejó de verse.

Hazrat volvió a casa con pasos renqueantes y moviendo la cabeza. Reconoció que sí, que era curioso.

Si era cierto que llevaba tiempo pasando por allí hacia las nueve de la mañana, quizá se tratase de parte de un gigantesco reloj, cuyas manecillas daban la vuelta al mundo con la precisión de un Rolex.

Pero las cometas eran más bellas, se repitió.

CUATRO

Solo una vez me han dado el papel de un animal, una pantera. No la-mujer-pantera, ni el-hombre-pantera, sino el felino de los documentales de la tele. El asunto prometía y era curioso, porque podías elegir entre la visión panorámica y la subjetiva. Los que hayáis jugado alguna vez lo entenderéis: podía contemplar el paisaje como si una cámara estuviera a dos metros sobre mi cabeza o pasar a ver como se supone que ven las panteras, con un filtro que eliminaba algunos colores y resaltaba la visión nocturna. Estaba muy logrado. Me costó acomodarme, pero al final creo que lo hice bien.

El propósito era atravesar un territorio infestado de cazadores, unos cargados con rifles y otros con arcos y flechas. Además, tenía que evitar trampas con redes, fosos de estacas, carne emponzoñada... Yo, la pantera, podía esconderme, acecharlos y atacar. Los movimientos estaban bordados, lo mismo que la selva, con plantas y animales exóticos.

Pero pronto me di cuenta de que aquello no podía funcionar, que estaba condenado al fracaso.

No tenía que ver con la emoción del juego, ni con que la gente prefiriese aventuras de más acción. El problema estaba en las palabras.

Si un humano contempla la imagen de ese juego, automáticamente coloca palabras en lo que ve (persona, cartuchera, arco, salto, trayectoria, acecho…), pero un animal no puede hacer eso. No es que yo sepa mucho de la inteligencia de los animales, a saber cómo diablos se lo montan sin palabras. ¡Pero no puede ser lo mismo!

No puede ser igual pensar con palabras que sin ellas. Una pantera en mi habitación me verá a mí como presa y todo lo demás como parte de un escenario que seguramente no comprende.

Cuando yo veo mi habitación pienso en puerta, mesa, papelera, pantalla, percha, armario, pared, revista… No solo veo, sino que la palabra me da el propósito de las cosas y todo lo que he hecho y puedo hacer con ellas. Así que por mucho que puedas moverte, ver, oler, saltar o tocar como una pantera, no puedes *pensar* como una pantera.

Para eso tendrían que arrancarnos las palabras de la memoria.

A lo mejor en un futuro se consigue. Te colocan un casco y te borran la parte del coco que contiene las palabras. A mí no me importaría probarlo, estar una temporada sin palabras y sin memoria.

Dicen que los juegos de ordenador son perjudiciales porque hay sangre y la gente se mata. Es peor la realidad.

Ayer viernes estuve liado hasta casi las cuatro de la madrugada. *Esa* me encargó la evaluación final de un juego. Podría haberla hecho en hora y media, pero quise exprimirlo hasta el límite. Además, me siento a gusto así, solo. Por si mi madre se levanta a medianoche, suelo poner una toalla en la rendija de la puerta, para que no se vean los destellos de la pantalla. Me coloco los auriculares, me siento a jugar y es como si fuera el último superviviente de un mundo destruido.

En las evaluaciones finales, después de jugar me piden que responda a más de cincuenta preguntas sobre gráficos, *rejugabilidad, frame rates,* música, efectos, argumento... Tardaría un buen rato en contaros el argumento de ese juego, que es de película, con historia de fondo entre padre, madre e hija, y todos sus líos familiares, como si lo hubiera imaginado un novelista. Pero al final el meollo del asunto está en matar zombis y a medida que lo haces va apareciendo un marcador en pantalla. Yo llegué a 2307 en tres horas utilizando de todo, desde palos de escoba a tapas de alcantarilla, pasando por cartuchos de dinamita y sierras mecánicas atadas a una moto. Todo lo que veías por el suelo o se podía descolgar de algún sitio servía para matar, y en ese sentido es alucinante, porque no sé qué será lo próximo. Quiero decir que hace tiempo tenías tres o cuatro armas y veinte o treinta enemigos, pero ahora los elementos son inagotables, lo mismo que las víctimas. Tenía la sensación de que el propio juego era el que generaba a los zombis, no sé si me explico. Salían por todas partes, diez o veinte a la vez, con rostros distintos, estaturas diferentes, formas de andar variadas, y no imagino a los programadores diciéndose: Vamos a fabricar, por si acaso, cinco mil zombis. Es más fácil decir: Vamos a crear un mecanismo que fabrique tantos zombis como cualquiera sea capaz de matar. A eso me refiero cuando hablo de que un día las máquinas tomarán el control.

Pasada la primera hora me aburrí de serrar piernas, reventar cuerpos y machacar cráneos. En cuanto conseguías dominar los movimientos del protagonista, era coser y cantar. Visto de cierta forma es un juego de mata-mata-mata, de los que horrorizarían a mi madre, ya imagináis.

Pero en conjunto, le di una calificación de 9 sobre 10.

Porque la originalidad estaba en algo más. Entre tanta sangre, el padre, que era el protagonista, podía buscar refugio e iba recordando escenas de la vida con su hija y con su mujer, con lo que te ibas enterando de cuál era el origen de tanta violencia y qué le había llevado a esa situación. Y la verdad es que supongo que si te llega a pasar lo mismo que a él, no te queda más remedio que hacer lo posible para proteger a tu hija.

Estaba claro que esos recuerdos del padre habían sido imaginados por un ser humano, quizá un novelista, como os digo.

Pero llegará un día en que un personaje de juego podrá *inventar* recuerdos que no están en la cabeza de novelistas ni programadores. ¿Qué diferencia habrá entre un humano que *reviva* sus recuerdos y un personaje capaz de *fabricar* los suyos?

Si queréis ganar bastante pasta, no tenéis más que poneros a construir un programa que supere el test de Turing. Hay una bolsa con cien mil dólares que todavía nadie ha conseguido. Hay quien dice que eso pasará en el año 2029, pero yo me apuesto algo a que será bastante antes.

El test lo inventó, por lo visto, un matemático pirado de esos que acabó suicidándose. Consiste en que hay tres habitaciones con un juez, un ser humano y una máquina. El juez hace por escrito preguntas a la máquina y al humano, y lee las respuestas. Si después de una hora no sabe en qué habitación está la máquina, es que esta se ha comportado como un ser humano, y piensa como un ser humano, luego tiene inteligencia humana.

Si le dijera a mi madre que ayer maté a dos mil y pico enemigos, me miraría con horror. Seguramente se preguntaría con qué clase de monstruo está viviendo.

Sin embargo, por la noche ve las noticias del telediario sin pestañear.

Es mucho peor el mundo real. La sangre es de verdad y los muertos son de carne y hueso.

Además, las palabras no hacen daño en los juegos. En el mundo real, las hay que duelen como golpes: cállate, idiota, pobre, fracasado…

Y luego están las frases que se disparan con frecuencia y que hieren como flechas envenenadas, que son difíciles de olvidar. Por ejemplo: Si-tu-padre-estuviera-aquí… O: Si-tu-padre-te-viera…

Con razón, no le cuento qué hago por las noches.

La sargento Florence W. Oates observaba en una enorme pantalla un lejano paisaje urbano festoneado por gráficos y datos numéricos. De sus cascos, que daban a su cabeza pelirroja un aspecto extravagante, emergía el runrún de una música estruendosa.

El cabo Martin J. North, Mosquito en el DAW, dio dos golpes en la puerta de cristal. Sin esperar respuesta, franqueó el umbral y se colocó junto a su sargento. ¿Qué quieres que vea?, le preguntó.

Mira esto, dijo Florence mientras se quitaba los cascos.

Manipuló el teclado. Una cámara casi a ras de agua enfocaba la proa de un barco. La sargento Oates explicó a Mosquito el significado de las imágenes que había visto con detalle en varias ocasiones.

Mira, ahora sube, dijo, se dispone a aterrizar en el portaaviones conforme a lo previsto, pero descubre que dos escuadrillas se preparan para despegar y ocupan la pista. Verás que es imposible posarse ahí, no cabe una lata de refresco.

Imposible, se dijo el cabo mientras observaba cómo la cámara sobrevolaba los aviones, en apretada formación.

Observa esto ahora, siguió la sargento Oates, el piloto recorre la pista, describe un arco y hace un loop, para acercarse por popa.

El cabo North reconoció escenas que había vivido como navegante de aviones de combate: alternancias de cielo y agua, con dos tirabuzones peligrosos, sobre todo en un avión de tan poca potencia.

Mira cómo y dónde toma tierra, dijo la mujer mientras anticipaba con el dedo los movimientos del drone.

La cámara enfocó la pista. Por un instante pareció que iba a chocar contra los aviones, pero segundos después la imagen se congeló.

Joder, dijo el cabo dando un respingo. *Ese tipo se ha puesto a la misma velocidad que el barco y se ha colocado entre dos cazas, ha debido de apagar motores, entrar en pérdida y caer entre ellos como una libélula. ¡No debe de haber hecho ni ruido! Ese tipo es bueno.*

¡Ya lo creo!, reconoció la sargento, *muy bueno. Quiero que incorpores esa maniobra en los simuladores. Eso significa que podríamos aterrizar en lo alto de un camión en marcha.*

En teoría, se dijo North. *Solo uno entre mil podría hacerlo.*

CINCO

A mi padre le tengo que agradecer dos o tres cosas. Una, claro, es lo de la semillita en la tripa de mamá, sin la cual yo no estaría aquí.

Otra es su empeño en que yo fuese pianista.

Ni idea de dónde pudo sacar esa peregrina idea. Mi padre no tenía ningún conocimiento musical y su sentido del ritmo no era mayor que el de un escurridor de verduras. Decía que le gustaba la ópera, pero cuando se fue no había ni un disco de ópera en casa. Si alguien llegaba de visita, él ponía la mano sobre mi cabeza y decía: Sebastian será un famoso pianista. Yo sonreía, creyéndomelo. Hace mucho de eso, claro.

Pero él estaba empeñado. Debía yo de tener cuatro o cinco años cuando él comenzó con lo que llamaba «su entrenamiento». Me daba masajes en los dedos y me hacía estiramientos, porque decía que la principal cualidad de un pianista era tener dedos largos y fuertes. Me trajo pelotitas de goma que yo debía amasar durante horas; cien aplastamientos con una mano, cien con la otra. Y vuelta a empezar.

Parece que nada de lo que cuento tiene que ver con lo que hago ahora, pero el asunto es que yo estaba en primero de Primaria cuando me matriculó en un curso de mecanografía. No me explicó las razones profundas, pero debía de pensar que los cerebros de un mecanógrafo y de un pianista tenían que parecerse mucho, a la vista de cómo se les veía sentados en algunas fotos. Él lo justificaba: Así practicas la digitación.

De modo que con siete años fui a una academia en la que, junto con gente mucho mayor que yo, hice un curso para escribir a máquina. Ya entonces no había máquinas de escribir y casi nadie hacía cursos de mecanografía, pero mi barrio era así. Aún había gente que soñaba con que un curso de confección, de kárate o de pintura podría sacarles de la miseria.

Os podéis imaginar qué emocionante era estar una hora al día, cinco días a la semana, escribiendo cosas como *balaba, tukeya, malapo*... Como los profesores de ese antro (por suerte ya se ha cerrado y ahora hay una pizzería, también pésima) cambiaban cada poco tiempo, mis recuerdos son un batiburrillo. Había una chica joven que me cuidaba bien y que me colocaba un par de guías telefónicas en la silla, para que llegara cómodo al teclado y no tuviera que estar de rodillas. Y un tipo mayor con bigote que me daba capones si veía que no tocaba la tecla con el dedo correspondiente.

El asunto es que ese curso se hacía con ordenador y los resultados se guardaban en un disquete. Al comenzar había que cargar el programa, identificarse y meter el disco, en ese orden. Simple, ¿verdad? Pero nadie puede imaginarse a los personajes que iban por allí. Uno puede pensar que las variantes de esas tres acciones no son muchas, pero sí, lo eran: desde quienes se empeñaban en empujar el disquete en plan salvaje para que cupiera al revés, hasta quienes de un día a otro no recordaban su contraseña, pasando por los que apagaban el ordenador con pánico cuando sonaba un bip que avisaba de un error.

Así que a mediados del curso yo me encontraba yendo de mesa en mesa para ayudar a quienes tenían problemas. Oye, niño, me decían, ¿puedes echarme una mano?

No sé de qué vertedero habrían sacado los ordenadores en esa academia, que ya entonces eran más antiguos que el hilo negro. Había pantallas azules, cuelgues, bloqueos de teclado y ratones en cuyas bolas evolucionaban pelusas con el propósito de ser arañas. Al final de ese curso yo era feliz. Alguien debió de enseñarme qué era eso del formateo del disco, el sistema operativo y demás, y el resto fue cosa mía.

Pero ese verano mi padre consideró que la parte mecanográfica de mi educación pianística había acabado. Creo que ahí comencé a calar su espíritu incoherente: ¡No volverás a esa porquería de academia!, me decía siempre que yo insistía en regresar. Fue la primera tanda de peleas que recuerdo, ya digo que tenía siete años.

Debí de dar tanto la paliza que en septiembre mi madre y mi hermana se pusieron de mi lado, así que volví en octubre a ese antro mugriento, aunque poco a poco me olvidé de la mecanografía y, a cambio de ayudar a la gente que pasaba por allí, los profesores me permitían cacharrear con pequeños juegos y programas cargados en disquetes.

Por cierto: ¿quién se acuerda ya de esos cuadrados negros, en los que cabía una porquería de información y que venían rotulados como #1/5, #2/5...? ¿Veis lo que os digo sobre la prehistoria?

Cuando comencé tercero, mi padre se fue de casa y ahí se aceleró la catástrofe, aunque no quiero ahora hablar de ello. Ya hacía meses que mi padre no dormía con mi madre y, entre unas cosas y otras, hacía tiempo que no decía a sus amigos que su Sebastian sería pianista; además le importaba un bledo dónde iba yo por las tardes de siete a ocho.

Y al comenzar cuarto tuve mi primer ordenador: un 486 de desguace, con disco duro de 40 megas, disquetera y monitor de 14 pulgadas que había que golpear cuando la imagen se achataba por los lados.

Paréntesis. Os cuento la foto mental más emocionante que guardo de mi infancia: Mi madre, cargando la CPU en una bolsa de rafia. Mi hermana, tirando del carro de la compra al que habíamos atado el monitor. Y yo con una caja con el teclado, el ratón, una maraña de cables y un montón de disquetes. Creo que nunca fui tan feliz. Cierro paréntesis.

Aquel no era solo el primer ordenador que entraba en mi casa, sino en el edificio en que vivía.

Mi barrio es un poco especial, la verdad. La gente lo llama Vallekas, con k, aunque lo más ilustrativo es decir que vivo en El Pozo. Hasta hace poco aquí estaba muy claro qué cosas hacían los hombres y cuáles hacían las mujeres, y a mí me sorprendía todavía no hace mucho que algún compañero de clase llamara a su padre de usted. En el mercadillo que se instala cerca de casa, donde mi madre iba antes con mi padre a comprar frutas y verduras, hoy hay puestos en los que se venden cedés y deuvedés en los que la gente guarda las películas que descargan con el ordenador que les ha regalado el banco o han comprado a plazos.

Yo a veces alucino. Hace ocho años era la única persona que tenía un ordenador en mi edificio, aunque era un armatoste. El otro día, dos mujeres mayores, cargadas con bolsas, charlaban de sus cosas y una le decía a la otra: Chica, pues yo no puedo ir, porque esta tarde tengo un curso de eso de *interné*. Siempre me pregunto qué va a suceder de aquí a otros ocho años.

Lo demás que os podría contar de cómo llegué hasta aquí os lo podéis imaginar. Creo que estaba en segundo de Secundaria cuando mis colegas de clase comenzaron a tener ordenadores, pero yo les llevaba varios años de ventaja y les ayudaba a instalar sus *pecés*, y cargaba en sus discos duros programas con los que flipaban. Entonces, alguien vino a verme para pedirme que le *crackeara* un programa, y ahí comenzaron los líos.

En realidad, los problemas comenzaron un poco antes. Quería decir que por esa época comenzaron los líos más gordos.

No eran aún las ocho de la mañana cuando dos hombres armados con sus AK-47 se presentaron en la casa de Hazrat Banaras.

Salam Aleikum, dijeron ellos inclinándose levemente.

Aleikum Salam, respondió él.

Sin decir más, los tres salieron hacia las afueras del pueblo, en dirección al vertedero. Aún no había ningún niño por los alrededores.

El sol estaba bajo y dibujaba una medialuna de sombra al oeste del cerrillo. En ese resguardo se acuclillaron Hazrat y uno de los hombres, mientras el otro daba vueltas por los alrededores, oteando en la distancia.

Poco rato después aparecieron los primeros niños. Llegaban en pequeños grupos. A gritos, el vigilante se dirigió a ellos, alzando el fusil.

¡Marchaos, marchaos!

Los niños se mantuvieron a distancia, a medio camino entre el cerro y el poblado. Fueron llegando otros, que se arremolinaron ante los congregados. Y por el extremo opuesto se acercaron otros más, que esta vez espantó el hombre que hacía compañía a Hazrat.

¡No podéis estar aquí! ¡Volved a vuestras casas!

Tampoco esos niños se movieron.

A prudente distancia de la colina y de los tres hombres, fueron formándose algunos grupos, que se encargaban de avisar a los que llegaban.

Los tres hombres se reunieron y Hazrat Banaras dibujó en el cielo un arco, miró su reloj y se mantuvo atento al horizonte.

Fue uno de los grupos de niños el que comenzó a gritar, poniéndose en pie. Eso alertó a los dos hombres armados, que quitaron el seguro de sus Kalashnikovs y echaron hacia atrás los cerrojos.

Hazrat Banaras puso las manos sobre sus ojos a modo de visera, pero no vio nada. En cambio, el hombre que estaba a su lado gritó al otro: ¡Debe de ser eso, mira, viene por allí!

A distancia era apenas un pájaro y se acercaba en silencio hacia la colina donde estaban. Fue agrandándose en el cielo y, cuando pudieron comprobar que efectivamente se trataba de un pequeño avión, se echaron las armas al hombro y comenzaron a disparar. Los cañones de las armas trazaron durante algunos segundos un arco en el cielo.

Aquello era innecesario, se dijo Banaras, un ejercicio de puntería inútil que quizá trajese nefastas consecuencias. Pero recordó la reunión de pocos días atrás, con el Consejo de Ancianos. Se había quedado solo opinando que aquello no representaba ninguna amenaza.

Los hombres vaciaron sus cargadores, entre el estruendo de los disparos y el blando repique de los casquillos en la arena. Al comienzo no pasó nada, pero poco a poco el avión se desvió y comenzó a cabecear. Luego, perdió altura en el cielo y cayó en silencio, quinientos pasos más lejos.

El ruido de las armas había acallado los gritos de los niños, pero sus voces llegaron nítidas cuando se hizo el silencio. No podía saberse si lamentaban la pérdida de su distracción matinal o si jaleaban la puntería de los cazadores.

Comenzaron a correr hacia donde debían de estar los restos del aparato, pero los dos hombres se lo impidieron.

¡Fuera, fuera de aquí! ¡Marchaos!

Los hombres armados caminaron hacia el lugar donde había caído el avión.

Hazrat Banaras regresó a casa solo, moviendo la cabeza con preocupación. Estaba convencido de que aquello, fuese quien fuese el dueño de ese aparato, sería interpretado como un gesto hostil.

SEIS

Hay un pasatiempo que consiste en transformar unas palabras en otras: vas cambiando a cada paso una letra y así, por ejemplo, AMOR se transforma en ODIO, pasando por ejemplo por APIO y OPIO. Gana quien consigue el objetivo en el menor número de pasos. Podéis probarlo.

Sospecho que en la vida ocurre lo mismo, que algunos sentimientos se transforman en otros a medida que pasa el tiempo, aunque uno no sabe bien cuándo se cambian las letras. De niño, mi padre me parecía fantástico: estaba siempre de buen humor, contaba chistes y me hacía trucos como el de los polvos mágicos de la botella, del que ya os he hablado, u otros en los que escondía o cambiaba cartas de una baraja. Con el tiempo se fue transformando en un ser antipático. Ahora apenas le veo, aunque vive cerca, a dos paradas del tren de cercanías. Coincidimos a veces en la estación, por casualidad, y alguna vez nos hemos evitado, disimulando como si no nos hubiéramos visto. Hace años me revolvía el pelo y me daba un abrazo, pero desde que soy tan alto como él solo nos preguntamos qué tal nos va y hablamos del tiempo, esas cosas de conocidos. Cada vez le encuentro más triste y viejo. No es que me alegre, pero le está bien empleado.

A veces me ocurren cosas extrañas. Hace días fui a la biblioteca a devolver unos libros. Sabía que me había pasado casi un mes de la fecha, así que esperaba que cuando los entregase me pusieran una pequeña multa o algo parecido. Antes de pasar por control había subido a la sala y escogido otros dos. Al entregar los leídos, el chico del mostrador me dijo que no podía llevarme los nuevos, y me cabreé mucho. Dije que vale, que entendía lo de la multa, pero que no había derecho a que me dejaran sin leer. Respondió que eran las normas y monté un pequeño escándalo, sin importarme que hubiera gente esperando. Pedí que me enseñasen esas malditas normas y me dijo que si quería podía hablar con la directora.

Al poco me encontré en el despacho de una mujer más joven que mi madre, con las típicas gafas de bibliotecaria colgadas al cuello. Comencé diciéndole que leer era un derecho, que ni ella ni nadie podía impedirme que me llevara unos libros que eran de todos, y que estaba dispuesto a denunciarles por abuso. Sonreía mientras yo le argumentaba todo aquello y me dio la impresión de que se divertía viéndome tan enfurecido. Me invitó a que me sentase y comenzó a preguntarme como si se tratase de una encuesta: que si me gustaba leer, que qué libros leía, que cuánto tardaba en leer cada libro, que cuántas veces al mes pasaba por allí…

Respondí de mala gana, haciéndome idea de que aquella pérdida de tiempo era la multa que debía pagar. Tras acabar el interrogatorio comenzó a explicarme algo sobre un club de lectura para jóvenes, en el que podría participar, y que se reunía una vez al mes. Más tranquilo, le dije que no, que no estaba interesado en aquello, que me gustaba leer solo. Insistió: Piénsatelo, te aseguro que puede ser interesante. No, gracias, dije intentando ser correcto.

De inmediato recordé mis juegos. La calma es la mejor estrategia, pensé. Había logrado dominarme y consideré que aquella mujer sería sensible a mi autocontrol. Me dije: Y ahora, el golpe...

Me levanté, tomé los dos libros y pregunté con una sonrisa triunfante: Entonces, ¿me los puedo llevar? No, me dijo, la penalización es de quince días sin utilizar los servicios de la biblioteca. Pero ¿¡por qué!?, protesté. Porque la tardanza es una falta de respeto a otros usuarios, respondió serena, podías haber venido hace tiempo a renovar el préstamo y...

Sin dejar que acabase su sermón, estrellé los libros sobre su mesa y le grité que podía metérselos por donde le cupiesen. Salí de allí hecho una furia. No me importó que la gente me mirase al pasar, ni que el vigilante se acercara alarmado por el escándalo.

De camino a casa me sentía furioso. Me daban ganas de volver con una lata de gasolina y prender fuego a aquel maldito almacén de libros, pero luego me di cuenta de que aquella mujer tenía razón. Las reglas hay que cumplirlas, como en los juegos.

Esa tarde recibí una llamada de la biblioteca. La directora me invitaba de nuevo a su club de lectura, a una sesión que tendría lugar dos días más tarde. Repetí que no, que leía solo. Y entonces me tentó: Uno de los libros que se ha leído es *Contrato con Dios,* de Eisner, creo que lo conoces.

¡Claro que lo conocía! Era uno de los que había devuelto. Lo había leído al menos cinco veces y me lo sabía de memoria.

Me costó trabajo responder de nuevo: No, gracias.

Bueno, otra vez será, dijo la directora antes de colgar.

Vale, diréis que podría haber ido. No es que me pirre por estar con otros chicos encerrado en una biblioteca (supongo que la mayoría, chicas) hablando de libros, pero era una ocasión para hablar de esas historias que me encantaron y de otros cómics parecidos. Me gustan sobre todo los cómics y las novelas gráficas. Si pudiera elegir una profesión de mayor, me haría dibujante.

No salí. Me quedé en casa, como siempre. A veces me iría por ahí, aunque fuera a pasear solo, pero si saliera a alguna hora inusual mi madre comenzaría con sus preguntas: que adónde voy, que con quién he quedado, que a qué hora voy a volver… Si hace frío, dice que me abrigue; si hace calor, me aconseja que vaya por la sombra. Mi padre, al menos, se ha dado cuenta de que ya soy más alto que él, pero mi madre… Sigue pensando que tengo nueve años, la edad de cuando él se fue de casa.

Me llaman El Asesino, pero soy prisionero de mi madre. Ella me ata con lazos invisibles pero tan fuertes como cordones: el de su pena, el de su culpa, el de su melancolía, el de su abandono…

Algún día tendré que cortar esos lazos, pero ¿qué será de ella?

¿Y a quién puedo explicarle todo esto? Entretanto, a mi alrededor el mundo debe de pensar que soy un bicho raro.

SIETE

Tres días a la semana, de siete a ocho más o menos, salgo a correr por el barrio. Hace un par de años decidí que era una excusa para huir de casa, aunque también aprovecho para mover el culo, porque paso la mayor parte del día sentado, en el instituto, leyendo o con el ordenador.

Está siendo una primavera húmeda y estos días llueve a mares. El agua me encanta; bajo la lluvia, las voces de la gente se adelgazan, como si tuvieran algo de miedo.

Me gusta correr sintiendo el golpeteo de las gotas en el chubasquero. Oigo el siseo de las ruedas de los coches en el suelo mojado, y poco más. A veces trato de no pensar, pero supongo que es imposible.

Cuando mi padre se fue de casa, mi madre tuvo que buscar trabajo. Hasta entonces habíamos vivido ni bien ni mal, pero cuando nos quedamos solos mi hermana, mi madre y yo las cosas debieron de ir fatal, aunque a los nueve años no te enteras de los detalles, claro. En eso, mi padre no se portó mal del todo, pues siguió pagando la hipoteca de la casa como si viviera allí, y eso que su sueldo no debía de dar para mucho.

Las máquinas tienen una ventaja enorme en relación con los humanos: se apagan y dejan de funcionar; se encienden, y listas otra vez. A mí me gustaría tener un interruptor en el coco; quedarme en *standby* para respirar, mirar, leer y cosas de esas, sin tener que ocuparme de asuntos que a veces me martillean en la cabeza. Si alguien pudiera oír mis pensamientos creería que soy un obseso, y a lo mejor es cierto.

Otras ventajas de las máquinas: carecen de remordimientos, de escrúpulos y de responsabilidades.

Estoy seguro de que las cosas se van a poner de verdad chungas para los humanos cuando las máquinas sean más listas y desarrollen algo parecido a los sentimientos, y la verdad es que pienso que no falta mucho para eso. Lo de *Terminator* es ficción, claro, y yo no creo que los tiros vayan por ahí, pero que las cosas van a cambiar, eso es seguro.

A mí me gustaría que los ordenadores tuvieran un código moral, que dijeran qué cosas están bien y qué otras están mal. Te evitarías muchos problemas.

Hace dos años instalaron en el instituto una intranet y dieron a los profesores PDAs para controlar las asistencias y todo eso. Al principio fue de traca. Lo que antes se hacía con una lista en papel en un minuto, duraba diez porque algunos tutores se liaban con la dichosa maquinita. Yo me partía la caja recordando las clases de la academia. Bueno, pasado el tiempo, eso se fue resolviendo.

Pero lo de la intranet es de verdad serio, y yo no sé cómo es posible que alguien no se haya puesto a controlar de verdad el que sea un sitio a prueba de mirones.

En cuanto supe la dirección del instituto no me llevó más de dos horas entrar a fisgar. ¡Se ve todo! Hay insensatas que dedican su correo a ligar con insensatos, intercambios de fotos y direcciones que servirían para chantajear a más de uno, chismes entre camarillas de profes en que despellejan a otros colegas, exámenes que circulan de acá para allá… La gente se mueve por ahí creyendo que eso es seguro, pero a veces tuve la sensación de que era como el patio de vecinos de mi casa y de que yo era el hombre invisible y que podía sentarme al lado de alguien para escuchar sus confidencias más íntimas.

Durante unos meses confieso que dedicaba un rato a echar un vistazo, por el morbo de enterarme de lo que no debía. El profesor de química, por ejemplo, redactaba sus exámenes en casa y se los enviaba al instituto para imprimirlos allí, supongo. Era como llamar a mi puerta y dármelos en mano. Una profesora de educación física recibía en su casa a algunos chicos y chicas de bachillerato y debía de montar unos fiestones de cuidado; cuando la veía luego en la cancha de deportes, entendía algunos gestos suyos que antes me habían pasado inadvertidos.

A medida que fue pasando el tiempo mi fisgoneo comenzó a darme asco. Era como ver la suciedad de la gente. Aunque el más sucio era yo.

A eso me refiero cuando hablo de que sería bueno que las máquinas tuvieran criterios morales. Si vas a entrar a un sitio prohibido, el ordenador debería negarte el acceso. Así no sería responsabilidad tuya tomar esa decisión.

Hace mucho yo presumía ante mis compañeros de lo mucho que sabía de todo esto. Ahora, ni se me ocurre decirles qué puedo hacer.

Estaba en segundo cuando un chico algo mayor del instituto me pidió que le *crackeara* un juego. No tardé ni media hora. A la mañana siguiente se lo entregué y me regaló un reloj, una birria de esas con correa de plástico negro y todo lleno de números, que cuesta diez euros en el mercadillo pero que yo lucí los días siguientes con orgullo. ¡Mi primera hazaña de cara a los colegas!

Pocos días más tarde, me pidió que hiciera lo mismo con otro. Y luego con un tercero. Y luego, con un *Quark Xpress,* creo que se llamaba. Cada vez me regalaba algo: una calculadora científica, una radio con auriculares, un boli con puntero láser… La gente de clase flipaba con aquellos artilugios *tan chulos* y me pedían que les copiase juegos, les arreglara los ordenadores estropeados, les instalara tarjetas de sonido… A cambio me regalaban algo, porque yo les decía una frase que repetía mi padre y que me parecía muy importante: «Todas las cosas tienen un precio». Recuerdo que los padres de un chico tenían un puesto de fruta en el mercadillo al que iba con mi madre. Todos los sábados de un mes comprábamos gratis y mi madre no entendía el porqué; le parecía que aquella familia era simplemente muy generosa con ella.

Como ocurre en los cuentos, la felicidad no podía ser eterna. Un día, dos tipos vinieron al instituto preguntando por mí. Me llevaron al despacho del director y llamaron a mi madre. Eran polis. Me acusaban de ser parte de una red de estafadores o algo parecido. Entonces supe que el hermano del chico que me había pedido que le desprotegiera esos programas tenía una tienda de electrónica e informática. ¡Se había montado un negocio de programas fusilados y había conseguido vender no sé cuántos cientos de miles de euros! De esto me enteré en el juicio. También, de que los dos me acusaban de ser yo casi el cerebro de la operación. Con eso de que yo era menor, trataban de ponerse a salvo de la tormenta.

Para mi pobre madre, aquel no fue el disgusto de su vida porque había sufrido desgracias mayores, pero pasó una temporada aterrorizada cuando alguien llamaba a la puerta o sonaba el teléfono. Uno de los abogados pedía que mis padres pagaran una millonada y ella se veía sin casa y fregando escaleras varios miles de años. Todo se aclaró y no pasó mucho más, aunque una jueza me echó una buena bronca y me hizo devolver la morralla que me habían regalado, que entregué en una bolsa de papel. Era pura porquería. Para entonces, ni el reloj daba la hora ni el puntero láser era capaz de escupir un chorrito de luz.

Así que no me extraña que la pobre mujer ande un poco nerviosa cada vez que llama *esa*. A saber qué imagina.

Dos segundos después de entrar en su apartamento, Mosquito comenzó a desnudarse. Arrojó sobre la mesa la acreditación que colgaba en su cuello y dejó a lo largo del salón un reguero de prendas, de la camisa de uniforme a los calzoncillos reglamentarios.

Fue al baño, abrió el grifo de la ducha y, mientras esperaba a que el agua se templase, encendió el ordenador. Se enjabonaba cuando hasta el baño le llegó la voz sintética: «You have seven messages».

Mientras se secaba, caminó hacia la cocina y sacó de la nevera una lata de cerveza. La abrió y bebió un largo sorbo. Arrojó la toalla al suelo en medio del salón y se sentó ante la pantalla. Dio otro trago mientras abría el programa de correo.

Leyó los mensajes deprisa, comprobando que no hubiera nada urgente. Miró el reloj y calculó que aún le faltaban diez minutos para el combate. Tomó del suelo el pantalón, extrajo el móvil del bolsillo e hizo una llamada: Hola, cariño, ya estoy en casa… bueno, lo de siempre… ¿y tú?… vaya… entonces, ¿a las siete y media?… bien, allí estaré…

Abrió Internet, entró en el DAW y se identificó. Antes de llegar al objetivo tuvo que validar su password dos veces más, sorteando estrictas medidas de seguridad. Por fin, accedió al sitio buscado y tecleó: C-H-A-N-D-R-A.

Un gran reloj ocupaba toda la pantalla y mostraba que faltaban cuatro minutos para comenzar el juego. Acabó la cerveza, chasqueó los dedos y colocó sus manos sobre su nuca mientras dijo en voz alta: A ver si eres tan bueno como dicen, chico. Cerró los ojos y trató de concentrarse, evitando la imagen de Carol sin ropa como él.

Un minuto antes de la hora sonó un bip y un cronómetro contó marcha atrás: 59, 58, 57… Al llegar a cero, el escenario cambió. Dos figuras se encontraron frente a frente sobre un *fondo blanco, y uno era él. Los personajes de la pantalla se saludaron. Segundos después, un texto les informaba de la misión. El cabo North sonrió al leerlo.*

Se trataba de una trampa, pensó Mosquito; se lo habían puesto demasiado fácil y su oponente no tenía escapatoria. Conocía el lugar, un escaneo tridimensional del centro de entrenamiento en que había superado sus pruebas como marine. *A menos que ese chico conociera el sitio, lo que era imposible, en poco tiempo acabaría con él, se dijo. Aquel lugar estaba lleno de trampas y a él le habían preparado para reconocerlas; algunas las recordaba de memoria, como la pared a cuyo pie se abría un foso o la ventana sembrada de explosivos. Se distrajo unos segundos mientras reptaba bajo una alambrada: podía haber quedado con su novia media hora antes. Necesitaba apenas diez minutos para acabar con su adversario. Además, sabía dónde se escondía y hasta dónde podía llegar. No tenía más que rodearle, sorprenderle desde atrás… Y bang.*

Pero diez minutos más tarde, después de trepar por paredes, entrar por ventanas que ocultaban trampas, desactivar una mina enterrada y saltar las terrazas de dos edificios, el cabo North comenzó a tener serias dudas. Había llegado al sitio y allí no había rastro del enemigo. Por si fuera poco, mientras observaba desde una esquina, una bala llegó por su derecha y arrancó un fragmento de pared. Una esquirla de piedra golpeó su mejilla. Gritó: Shit!

Anochecía en el juego y Chandra se caló las gafas de visión infrarroja. Escrutó un panorama de 360°, escondido tras el parapeto de la terraza, y no detectó el mínimo rastro de calor. El chico debe de estar bien escondido, pensó, yo no le veo a él, pero él tampoco a mí. En eso, otro siseo llegó por su oído izquierdo; el proyectil se estrelló, con un ruido seco, un par de metros detrás de él.

Un cuarto de hora más tarde, el juego había acabado. El personaje que fue el cabo North había recibido un tiro en la pierna mientras trepaba por una escala en una habitación, y la bala había tenido que atravesar un estrecho ventanuco que daba al oeste, justo por donde el sol se ponía. Poco más tarde, al subir penosamente a una terraza, a su lado estalló una granada y la partida acabó; dado que el chico no disponía de esas armas al comenzar el combate, dedujo que la había descolgado de cualquiera de las trampas que ocultaba aquel maldito centro de entrenamiento. El chico le había disparado cinco veces. Mosquito, sin embargo, solo había tenido ocasión de hacer dos tiros.

Sudaba cuando pausó el juego. Fue a darse otra ducha y, sin secarse apenas, se sentó de nuevo y activó la función de rastreo para analizar a cámara rápida el recorrido desde la perspectiva del chico. ¡Era condenadamente bueno! ¿Dónde diablos habría aprendido a moverse así?

Vestido ya de civil, ajustó en su muñeca el reloj de pulsera. Mientras bajaba las escaleras hizo una llamada: Cariño, llego un poco tarde; tuve que hacer un informe antes de salir...

OCHO

Chandra es de los mejores contrincantes que he tenido nunca. Ha perdido las tres veces que nos hemos enfrentado, pero se acerca a mis *scores*. Un día acabará ganándome.

De vez en cuando me piden que haga un informe sobre el juego. Tengo la sensación de que me graban, porque algunos días después de las sesiones me preguntan por tal o cual detalle que ya ni recuerdo. Deben de pensar que sigo alguna estrategia muy especial, pero no es así. Simplemente, utilizo lo que tengo a mi alcance y sigo mis instintos.

Así que no sé a veces qué responder a sus preguntas.

He escrito a Catarina diciéndole que preferiría que me avisaran por correo electrónico y no por teléfono. Me ha respondido que lo procurará, pero que no siempre será posible. Explica que, por la diferencia horaria, me llaman a última hora, cuando los equipos de programadores están reunidos para analizar mis pruebas, que lo mejor sería que jugase a las seis de la tarde, y no a las once de la noche...

Pero no, no es posible. Por suerte, a las diez y media mi madre se muere de sueño y se va a la cama. A media tarde, estaría rondando a la puerta de mi habitación y me desconcentraría.

Me pregunto cómo será Catarina. Su voz es joven y habla bien el español, pero el teclado de su ordenador no tiene eñes, de modo que debe de trabajar en algún lugar de Norteamérica; quizá sea mejicana, o de padres latinos. ¿Será morena, mestiza, alta, de ojos negros?

El tono de su voz me agrada, pero no sé si me gustarían otras cosas suyas, así que prefiero no conocerla personalmente. Mira que si lleva *brackets*...

Reconozco que en este sentido soy un poco borde. Con algunas personas me pasa lo que con los gatos: me encanta cómo son y cómo se mueven, pero su maullido me pone de los nervios. Hay gente que abre la boca y pierde todo su encanto.

Me ocurre en especial con muchas chicas. Las veo y pienso que son guapas, que están buenas y todo eso. La imaginación se pone en movimiento, pero empiezan a decir chorradas y me dan ganas de salir corriendo y la cosa se queda en nada, ya me entendéis.

Con los chicos no suelo llegar ni a interesarme. A nuestra edad, casi todo lo que soltamos suelen ser insoportables gilipolleces de machotes.

Si yo fuera Dios, habría hecho mudos a los gatos, y a los hombres no les saldría el pene hasta los veinte años por lo menos.

Luego, hay adultos que me sacan de mis casillas. Hasta este curso, mis tutores en el instituto han sido hombres y siempre he acabado peleándome con ellos. Se las daban de listos y continuamente estaban diciéndote lo que tenías que hacer. Yo siempre tenía la sensación de que se ponían en situación de competir conmigo. Mi mal año fue cuarto, cuando estuvieron a punto de expulsarme, pero es que no soportaba tener encima a alguien que está vigilándote cada minuto durante seis horas seguidas.

Supongo que todo el mundo puede hablar de la bestia parda que le toca en sus años de escuela, y la mía se llamaba Rubén Palacios. Tenía la sensación de que incluso cuando yo entraba al baño pasaba él para vigilar si había meado fuera de la taza. Me tenía enfilado y creo que hizo todo lo posible para enemistarme con el resto de profesores. A veces he pensado que era un homosexual reprimido, un pederasta a quien le hubiese gustado que yo fuera sumiso y le hiciera algún favor. Me daba clase de Lengua y no tuvo más remedio que aprobarme porque a mí se me han dado bien las cosas de la escritura y la gramática aunque no dé un palo al agua, pero ese año no me dio la gana de estudiar y ni me presenté a los exámenes de junio, así que solo aprobé tres asignaturas, la de Lengua por pura venganza, y me hicieron repetir.

Si hay una cosa que odio es que te digan que eres listo. Mi padre decía que de pequeño era muy espabilado y que por eso sería pianista. Luego, en el colegio, llega un momento en que te das cuenta de que hay cosas que se te dan bien sin demasiado esfuerzo. Y viene alguien y te coloca una etiqueta sobre la frente.

Cuando estaba en Primaria, alguna vez me dijeron que era listo, pero no me molestó. Era como si no le dieran importancia. Pero en el instituto, eso se convirtió en una tortura. «Con lo listo que eres» tenía el mismo peso que

«Si te viera tu padre». Todo el mundo esperaba que fuera dócil y sacase buenas notas. Algunos profesores, cuando ponen buenas calificaciones, parece que se las pusieran a ellos mismos.

Parece mentira que siendo tan listo, tan listo como eres, con lo listo que eres, tú que eres tan listo… Son frases que he oído mil millones de veces estos años. Y me dan asco.

Siempre, lo que sigue a esa frase es un chantaje.

NUEVE

Ayer sábado fui al cine con gente del instituto, no piense nadie que soy un hurón. Mis actuales compañeros suelen salir en rebaños numerosos, de diez o de quince, pero yo me siento a gusto con un pequeño grupo de los que fueron mis colegas en cuarto. Ya están en segundo y, de no haber repetido, yo también estaría a punto de pirarme de allí, aunque tampoco tengo mucha prisa porque no sé qué voy a hacer después.

Al cine solemos ir al centro, porque en los tugurios comerciales de la zona no echan más que la bazofia de moda. En los alrededores de la plaza de los Cubos al menos puedes elegir.

El plan era ver no sé qué película, pero cuando vi que en una de las salas reponían *Vals con Bashir,* una peli de animación basada en un cómic que leí hace tiempo, traté de convencer a los demás de entrar en esa. Yo la bajé por

Internet al poco del estreno, pero quise verla en pantalla grande. Aunque me puse cabezón, solo logré convencer a Andrés.

Nada más comenzar me di cuenta de cosas que me habían pasado desapercibidas. Por ejemplo, lo de los 26 perros. El veintiséis es un número que me persigue. Yo nací un 26.

Pero lo que más me llamó la atención fue lo de la fabricación de los recuerdos: que la gente suele llenar los vacíos de la memoria imaginando sucesos que no ha vivido, inventando ciertas cosas y olvidando otras.

A veces me pregunto si algunas cosas que recuerdo ocurrieron o no. Alguna mañana, cuando paso ante la silenciosa habitación de mi hermana, en la que ahora guardamos cosas viejas, me parece mentira que haya vivido con nosotros, y tengo que hacer esfuerzos por revivir sucesos que compartimos juntos.

Me quería, la quería y fue una putada lo que ocurrió. Una injusticia.

Andrés no salió entusiasmado con la película, le pareció lenta, pero yo me prometí volver a verla, porque está llena de detalles. A mí me habría gustado que fuera Helena la que me acompañase, pero ella prefirió ir con el otro grupo. Lástima. Lo que no sé es cómo habría respondido a las secuencias porno que aparecen, ni a toda la violencia que se ve en la hora y pico que dura. Reconozco que es para salir un poco depre.

Helena me gusta, pero yo soy invisible para ella. Debo de parecerle demasiado callado e introvertido. Los chicos como yo no estamos de moda. En realidad, nunca lo hemos estado.

A comienzos de mes suelo pasar por la biblioteca a echar un vistazo a las revistas que llegan. En una había un artículo titulado *Maravillas del sistema solar*. Aparte de géiseres gigantes y valles capaces de contener un océano, me llamó la atención un lugar de la Luna donde nunca se pone el Sol, por no sé qué curiosidades de las órbitas lunar y terrestre. Lo llaman los Picos de la Luz Eterna.

De todas las chicas que conozco, la única a la que llevaría a esos Picos es a Helena, aunque no creo que ella quisiera venir conmigo.

Me ocurrió algo más en el cine, y fue que en algunas escenas tenía la sensación de poder manejar los acontecimientos y al mismo tiempo me sentí impotente por no lograr hacerlo. La película se basa más o menos en hechos reales y los dibujos de personas que aparecen en ella eran dibujos, es cierto, pero representaban a gente de carne y hueso, y el último minuto de la película es alucinante, con víctimas de piel, rostro y sangre de verdad. Me di un poco de asco al recordar mi *nick* en los juegos, y tuve que insistirme en que son solo eso, juegos.

No era muy tarde cuando acabó el cine, así que decidimos ir a una pizzería a cenar en la que tardaron demasiado en atendernos. Nos sentamos cerca de las once y yo empecé a ponerme nervioso. Mi intención era tomar el último cercanías, que pasaba a las doce.

¿Qué te pasa?, preguntó Andrés tras comprobar que yo miraba varias veces el reloj.

Nada, respondí tratando de sonreír.

Jo, tío, es sábado, replicó Marta, ¿es que todavía sigues con el rollo de volver temprano con tu madre?

Había olvidado que mis antiguos compañeros sabían poco de mí, pero no lo bastante poco. Balbuceé una respuesta que nadie creyó, sin poder evitar enrojecer hasta las cejas.

La cena, la conversación y todo lo demás estuvieron bien, pero yo no dejaba de pensar en mi madre. En varias ocasiones consideré pedir el móvil a cualquiera de mis amigos y hacer una llamada, pero me dije que no sería necesario, que ya la había avisado de que llegaría *un poco tarde* y que, después de todo, ya eran más de las diez y media y cabía la posibilidad de que estuviese dormida...

Todos andan ya pensando qué van a hacer al acabar el Bachillerato. Yo estaba interesado sobre todo en saber de Helena; es inteligente, siempre le gustaron los animales y todo el mundo está convencido de que sería una buena veterinaria. Me sorprendió el desánimo que parecía haber impregnado los proyectos de mis antiguos compañeros.

¿Veterinaria? ¡Bah!, dijo ella, tendría que sacar un 8 en las pruebas, y me tiraría cinco años chapando a lo bestia, para trabajar de empleaducha en cualquier clínica, con suerte; en cuanto acabe tengo un curro en una tienda de ropa; es una pasta para empezar.

Yo creo que voy a hacer un módulo, dijo Abel, que siempre había soñado con ser físico.

Pues yo me paso a turismo, dijo Marta, que siempre pensó en hacer alguna filología como paso a ser traductora.

Y yo, ni idea todavía, dijo Andrés.

Tú, por lo menos, tienes un año para pensártelo, tío, dijo Abel. Ya verás que el año que viene es un truño; los profes se pasan el curso asfixiándonos con exámenes y con dar el programa.

Pero ¿vas a ir por la informática?, me preguntó Marta.

¡Ni hablar!, dije yo. Me gustaría ser dibujante. Lo dije un poco al tuntún, sin duda por la película que había visto.

Jo, ¿se te ha aparecido la Virgen y ha hecho un milagro?, se burló Helena. ¡Dibujante, tú, si lo que más te costaba era el Dibujo!

Sí, pero el Dibujo Técnico, repliqué yo. Lo demás...

Me explayé sin convicción, hablando de los cómics, de las novelas gráficas, de las ilustraciones...

¿Y con eso se gana pasta?, preguntó Andrés.

Muchas veces, las conversaciones de jóvenes de nuestra edad acaban tratando sobre el dinero. Nuestros abuelos trabajaron duro para salir adelante, y sus hijos se han defendido más o menos bien, pero los nietos de aquella primera generación que llegó aquí, a vivir en casas destartaladas y chabolos miserables, nos ahogamos en dudas sobre nuestro futuro. Hay quien dice que nos hemos acostumbrado mal, y que se han acabado los tiempos del dinero fácil y los coches caros, y a lo mejor tienen razón.

Además del asunto del dinero hablamos de otros temas, claro. Era evidente desde el comienzo de la noche que Helena y Abel salían juntos, lo mismo que Andrés y Marta. Yo era el impar del quinteto. En un momento en que Abel hablaba con las dos chicas, Andrés se colgó de mi cuello y me susurró al oído: ¿Y tú, qué? ¿Cuándo te vas a echar una novia?

Bah, no sé, dije, supongo que es una cuestión de oportunidad; en mi clase son todas unas niñatas y van de aspirantes a pijas.

Ya, pero hay más chicas por ahí, dijo mientras se separaba un poco y miraba hacia atrás. Y añadió: Seguro que todavía no lo has catado.

Estuve a punto de preguntar: ¿Catar, qué?, pero pronto me di cuenta de a qué se refería y mi silencio me impidió hacer el ridículo.

¡Es a-lu-ci-nan-te, tío!, me dijo acercándose de nuevo, con una expresión arrobada.

Me habría gustado conocer detalles, saber a qué se refería exactamente, pero nuestros amigos nos alcanzaron y, claro, no me atreví a preguntarle con los otros delante. En realidad, aunque hubiéramos estado solos en una isla desierta, tampoco lo hubiera hecho. Soy así de cortado.

Helena se abrazó a Abel y se dieron un beso en los morros. Pensé: ¿También ella lo *cata* con Abel? No pude por menos que imaginármela desnuda.

Volvimos a casa en el búho de la una y media. Una hora más tarde, entraba en casa. Abrí sin hacer ruido.

Mi madre estaba en bata, viendo la televisión.

Esperándome.

DIEZ

Durante tiempo me interesé por aprender cosas que ahora me parecen feas: descompiladores, depuradores, cargadores, volcadores, códigos fuente, lenguajes... Yo veía algo y pensaba en mejorarlo. Encontraba alguna web que me llamaba la atención y quería a toda costa entrar en ella.

Por más que los códigos estuviesen cifrados e incluso las máquinas tuviesen *dongles,* casi siempre logré entrar. Y, lo más importante, siempre logré salir sin dejar huellas.

Nunca quise hacer daño, aunque habría podido. Cuando consigues entrar en un sitio de esos, te sientes como si estuvieras en un banco o en un museo; siempre dispones de unos minutos para robar lo que quieras o romper lo que te dé la gana. En realidad, siempre he tenido miedo, después de lo que pasó mi madre.

Un día comencé a jugar y vi que se me daba bien. Me bajaba algún juego y me entretenía horas con él. Desde los

12 a los 14 años, no leí un solo libro. Solo jugaba, y aprendí mucho. El teclado, el *joystick* o el mando no tenían secretos para mí. Eran prolongaciones de mis dedos.

Tenía 15 cuando cayó en mis manos la última versión de un juego famoso, todo un éxito. Pronto me di cuenta de cómo se ralentizaba en algunas fases, y de que al llegar a cierto punto entraba en un bucle que impedía acabar la misión, a menos que se pulsara una secuencia de teclas que no estaba prevista. Lo analicé, lo corregí y se lo envié a los fabricantes. No tuve respuesta en tres meses, y me olvidé de ello.

Pasado ese tiempo, recibí un paquete voluminoso procedente de una compañía americana. Contenía todas las ediciones de ese juego, seis, y un reluciente mando, nuevecito, para jugar. A ello le acompañaba una carta en la que me daban las gracias, y me proponían enviarme novedades de sus juegos y me invitaban a probarlos y a contarles qué me parecían.

¡Me resultaba increíble! ¡Tener a mano las últimas novedades, gratis!

Cuál no sería mi sorpresa cuando seis meses después, tras haber mandado solo cinco informes, me enviaron un Mac-Book y una consola de regalo, junto con otra carta en la que me invitaban a probar con regularidad sus juegos. Hablaban vagamente de compensarme, en función de mis resultados. Y me invitaron a firmar un contrato de confidencialidad. *Nada* de lo que yo hacía debía comentarlo con *nadie*.

Nunca me preguntaron si era menor de edad.

Como era de esperar, todo ese movimiento de paquetes, regalos y visitas a correos, junto con los encierros en mi habitación, despertaron los recelos de mi madre. ¡La de horas que habré invertido en convencerla de que todo aquello era inocuo, e incluso bueno! Durante meses, todo fue tranquilo, hasta que *esa* comenzó a llamar.

No puedo ir por ahí presumiendo de ser un categoría A, porque a nadie le interesa un pito, pero para mí *(y para mi madre)* tiene mucha importancia. Me siento bien sabiendo que no dependo de ella, e incluso pensando en la posibilidad de que deje de trabajar algún día.

En la vida hay cosas que parecen intrascendentes, pero que son cruciales. Se dice que si la masa del protón fuese un dos por mil mayor de lo que es, los átomos no se habrían formado y nosotros no estaríamos aquí. Si a mi padre no le hubiera dado la tontuna de matricularme en ese curso de mecanografía…

He escrito a Catarina diciéndole que en las próximas vacaciones de Semana Santa voy a tener más tiempo libre. Abel y Andrés me han preguntado si quiero ir con ellos un par de días a escalar a León, pero no me apetece ser impar. ¿Qué se supone que debería hacer en una tienda de campaña con una pareja de enamorados? ¿O durmiendo solo mientras en las tiendas de al lado se oyen murmullos sospechosos?

Hay otras razones, que se pueden imaginar.

Ahora estoy de exámenes y vengo antes a casa. En el frigorífico hay *tuppers* con comida, raciones individuales que mi madre se trae del colegio en que trabaja. No está tan mal como se puede suponer, porque por algo ella elige. Soy muy malo en la cocina, a pesar de que hace mucho me las tengo que apañar a la hora de la comida. Aparte de ser el Príncipe de las Tortillas, mis méritos culinarios no van más allá.

Hace varios días que no sé nada de Chandra. Sentiría mucho no volver a coincidir con él.

El soldado Elias P. Dawson capturó la porción de vídeo que le interesaba, apenas segundo y medio. Montó un bucle y lo visualizó al menos veinte veces antes de llegar a una conclusión definitiva. Eligió uno de los fotogramas y lo envió a imprimir.

La imagen era borrosa, pero no dejaba lugar a dudas: tres hombres y el fogonazo de una de las armas. No se trataba de un accidente.

Llamó a la puerta de la sargento Oates.

Mi sargento, dijo desde el umbral, sobre la pérdida de señal de ayer...

El soldado Dawson esperó a que la sargento se volviera antes de seguir. Era recién llegado al DAW y se mantenía firme en la entrada, fiel a unas ordenanzas que aún no había tenido tiempo de olvidar.

¿Sí?, preguntó ella girando la silla hacia la puerta.

El incidente del Pointer... La pérdida de señal...

Sí, soldado... No tengo toda la mañana. Pero descansa, por Dios, esto no es un cuartel de reclutas.

Quería decirle, mi sargento, que creo que no se debió a ningún accidente; las últimas imágenes del aparato muestran a desconocidos disparando, dijo Dawson mientras le tendía la foto, todavía rígido.

La sargento Oates observó la foto con detenimiento. Parece un arma, sí, tres barbudos armados, comentó sin mirar al soldado. Y siguió: Habla con Mosquito, que siga los procedimientos establecidos.

Perdón, mi sargento... ¿Mosquito?

La sargento se dirigió al soldado: El cabo North, joder, aprende estas cosas cuanto antes, y recuerda que a mí me llaman Bulldog, pero no se te ocurra dirigirte a mí de esa manera.

Sí, mi sargento, dijo el soldado, mientras abortaba un saludo militar que no llegó a finalizar.

Elias P. Dawson buscó al cabo North, se cuadró ante él, le tendió la foto y le resumió la conversación con la sargento Oates. Mosquito preguntó: ¿Tienes el vídeo? Sí, mi cabo, dijo el soldado.

Como sigas así, soldado Elias, dijo North tras leer el nombre que se veía en su camisa, vas a comer más mierda de la que seas capaz de cagar. Llámame Mosquito, añadió, y enséñame ese maldito vídeo.

El cabo siguió atentamente el último minuto de la grabación, y se detuvo en el bucle que le mostraba el soldado. Era evidente que se trataba de un acto de guerra: dos tipos disparando contra un avión de reconocimiento.

Nada que no estuviera previsto en los procedimientos, pensó Mosquito.

ONCE

Volví a la biblioteca. Saqué un par de libros de un tal Joe Sacco. Mis deseos de ser dibujante son una estupidez. Puedo malcopiar lo que veo, pero no tengo imaginación. Mis monigotes nunca consiguen unirse en una historia. Todos mis personajes son tan solitarios como yo.

Uno tiene que saber lo que es capaz de hacer medianamente bien. A veces, cuando estoy en la cama empiezo a darle vueltas al futuro: a qué me voy a dedicar de mayor, y cosas así. Tengo claro que esto de los juegos no va a durar siempre, y que tampoco es una profesión. Si alguien me pregunta dentro de diez años por mi ocupación, no puedo responderle sin más: Asesino.

Mi padre era electricista, y dicen que de los buenos, hasta que comenzó a beber y todo lo demás.

Antes de eso tenía mucho trabajo, aunque a veces se pasaba días enteros en casa. Creo que eso fue una de las cosas malas, mi madre y él juntos tanto tiempo. En el colegio, hace mucho, nos ponían el ejemplo del agua y el aceite para mostrar lo de las emulsiones inmiscibles. A mí me llamaban la atención esas gotitas esféricas que flotaban en el agua pero que poco a poco iban separándose, el agua abajo y el aceite arriba.

Mi madre es agua y, en ocasiones, incluso hielo. Con sus cosas buenas y otras malas: insípida pero transparente. Siempre se la ve venir.

Mi padre era aceite. Cuando se calentaba lo salpicaba todo, quemándolo. Junto a sus cosas malas, también estaban las buenas. Era capaz de darle cierto sabor agradable a la vida, aunque luego te quedaban las manchas.

No sé si mi padre pasaría el test de Turing. Unas veces parece humano, pero otras…

A mis abuelos paternos no los conocí y, aunque parezca mentira, ni sé si siguen vivos. Hace tiempo mi padre hablaba de ellos. Mi abuelo, según él, llegó a ser alguien importante durante la guerra, y mi abuela era una mujer de mundo que hablaba cinco idiomas. Esto lo contaba cuando decía que de mayor yo debía ser pianista, así que supongo que debe de ser una de sus trolas, porque jamás nos enseñó ni una triste foto de ellos. Un día, también dejó de mencionarlos.

Después de que mi padre se fuese, pregunté a mi madre por los abuelos paternos, pero no escuchaba más que evasivas. Tampoco tengo claro que ella los conociese. Pero un día se le escapó algo que me dejó asombrado: Tienes una prima, hija de un hermano de tu padre, se llama Elisa.

Jamás mi padre me había hablado de su hermano, ni de su sobrina Elisa. Muchas noches me preguntaba cómo sería Elisa, y qué haría si algún día me encontrara con ella. Luego, dejé de pensar en mi prima fantasma.

Lo de mi madre ha sido siempre más claro. Sus padres vivían cerca de aquí y algunos domingos íbamos los cuatro a comer a su casa. Si hacía calor la abuela cocinaba una paella; si no, preparaba cocido. Los domingos no tenías más que abrir la ventana para saber qué ibas a comer.

Un día, al abuelo Fermín le dio un síncope. Él presumía de que nunca había estado enfermo, que jamás se había roto nada, y murió sin decir ni ay. Yo tenía cinco años y muchas noches sufrí pesadillas con ese abuelo que de pronto se esfumó como un espectro; soñaba que dormía a mi lado y sudaba a chorros. El que por las mañanas se levantaba mojado era yo.

Mis abuelos maternos se querían mucho y no podían vivir el uno sin el otro. Eran miscibles, como el yogur y el azúcar o el agua y el alcohol. Si la abuela Concha durante la comida hacía el gesto de levantarse a por algo que se le había olvidado, el abuelo Fermín se adelantaba e iba a por ello, sin que se dijeran una sola palabra. Creo que eran de esas parejas que con los años habían conectado sus cerebros por cables invisibles.

Al año de morir el abuelo, la abuela Concha comenzó a hacer rarezas, como ir a la compra en camisón y cosas así. Mis padres decidieron (bueno, supongo que fue más mi madre) que se viniera a vivir con nosotros. El asunto se complicó porque sus chaladuras se fueron haciendo más serias: encendía el gas en cuanto mi madre se descuidaba, descolgaba la ropa tendida en las cuerdas para que cayera al patio, se meaba en el sofá… Yo casi no me acuerdo pero debió de ser duro para mamá ver cómo su madre se convertía poco a poco en un ser sin memoria ni control. Tengo una sensación grabada de ella, de sus últimos tiempos, que aún me pone los pelos de punta: un día acaricié el dorso de su mano, apenas un segundo, y aquello me pareció papel; como he sido propenso a las pesadillas, algunas noches soñaba que mi abuela perdía su piel a tiras, como en las películas de momias.

El último año que la abuela Concha vivió con nosotros fue bastante difícil. Yo estaba en primero de Primaria, la época en que fui a la academia de mecanografía, y creo que además me gustaba ir porque me libraba de las broncas de mis padres. Mi hermana tenía mucha paciencia con la abuela, se entendían bien y más de una vez la sacó de algún lío que habría hecho saltar chispas entre mis padres.

Mi padre comenzó a montar broncas diciendo que aquello no podía ser, y que lo que había que hacer con la abuela era internarla en una residencia o llevarla al pueblo de Badajoz donde vive un hermano de mi madre. Esta se resistía y decía que ni hablar, pero al final mi padre acabó ganando, como solía hacer siempre, entre disputas y zalamerías, asegurando que la vida en el pueblo era más tranquila, que el aire era más sano… El viaje se preparó para un sábado. Esa semana había sido un ir y venir haciendo bolsas y maletas, ante el silencio y los ojos pasmados de la abuela. Ese sábado temprano, cuando mi padre había bajado todo a la furgoneta, la abuela Concha murió. Mi hermana decía que estaba sentada a su lado en el sofá y que de pronto notó que dejó de respirar. Yo tengo la teoría de que se suicidó conteniendo la respiración. Mamá dice que murió de pena y aquello no se lo perdonó a mi padre.

A veces recuerdo todo esto y no me extraña que mi madre sea como es. Ella no podía imaginar lo que todavía estaba por ocurrir, el abandono de mi padre y la muerte de mi hermana, pero desde ese momento se convirtió en una persona desconfiada y miedosa. Cuando quedo o algún colega llama por teléfono, necesita saber quién es o cuándo voy a volver, y tengo clavadas en el cráneo sus instrucciones para resolver cualquier problema que ella pueda imaginar: si pierdo el autobús, si me roban la cartera, si intentan secuestrarme, si me ofrecen un paquete sospechoso, si me caigo de la bici, si hay una tormenta, si se me olvidan las llaves de casa...

Antes os hablaba de ese tal Turing y hay otro problema interesante imaginado por un fulano llamado Eddington: si hay un millón de monos tecleando al azar en máquinas de escribir, ¿cuántos millones de años deben transcurrir para que uno de ellos redacte El *Quijote*, por ejemplo?

Algún día, estoy seguro, un personaje de ordenador será capaz de *fabricar* recuerdos. Pero ¿cuándo será capaz alguno de ellos de inventar una historia como la mía?

Hacía dos horas que la reunión del Consejo de Ancianos había acabado y la charla sobre asuntos triviales languidecía como las ascuas del brasero en que se preparaba el té. Hazrat Banaras echó un vistazo por enésima vez a su reloj y recordó su tienda, atendida en esos momentos por su mujer casi ciega. Como anfitrión no podía abandonar allí a sus cinco invitados, aunque de buena gana, hacía ya un rato, se habría levantado para atender sus obligaciones. Recordó la llamada telefónica de la víspera. Alguien que dijo ser una Alta Autoridad de la provincia iría a visitarles a las tres de la tarde, y quería reunida a la Jirga local. Eran casi las siete y nadie había aparecido por allí.

Dios confunda a los burócratas del gobierno, se dijo Hazrat.

Aún se encendieron algunos cigarrillos más y, por fin, un niño apareció en el umbral de la casa, gritando: ¡Ya están aquí!

Mientras los demás se alzaban perezosos, apagaban sus pitillos o se arreglaban la ropa, Hazrat tomó un par de puñados de carbón y los añadió al brasero, avivando los rescoldos con un trozo de cartón. Llenó de agua la tetera y la colocó sobre las brasas. El rugido de un camión, al comienzo lejano, se hizo poco a poco más poderoso, hasta invadir la casa.

El viejo se alzó apoyándose sobre su bastón y salió, junto con todos los presentes, a recibir a los visitantes. De la cabina descendieron tres personas, mientras dos jóvenes, con las metralletas a la vista, permanecieron de pie en la caja.

Los dos grupos de hombres se acercaron y el protocolo dejó bien claro quién era la Alta Autoridad y quién el Presidente de la Jirga. Ambos se saludaron ritualmente e intercambiaron algunas frases que los demás no pudieron oír. Hazrat invitó a pasar a casa a los recién llegados.

La reunión fue breve, y el representante del gobierno rehusó ceremoniosamente el té que se le ofrecía, pretextando que era tarde.

La Alta Autoridad hizo alguna pregunta y dio algunas órdenes. Hazrat comprendió que ni le daban opción a manifestar su opinión ni responderían a sus preguntas, así que contestó y asintió dócilmente.

Al poco, salieron afuera. Unos montaron en el camión, que durante ese tiempo no había apagado el motor, y los seis ancianos se apretujaron en un destartalado Mercedes aparcado a la puerta.

El coche se adelantó y emprendió camino hacia el vertedero. Tras él, el camión levantaba una nube de polvo que fue observada con curiosidad por los habitantes del pueblo.

Un grupo de niños corrió tras los vehículos, vociferando divertidos por aquella inusual atracción.

Cuando coche y camión llegaron a su destino, los críos siguieron corriendo y describieron un arco para ascender a un altozano, seguros de que lo que seguiría llenaría algunas tardes de conversaciones y juegos.

El guardián que Hazrat había emplazado junto a los restos del aparato, el mismo día que fue derribado, salió del quitasol bajo el que dormitaba y esperó a los coches.

Del camión descendieron sus cinco ocupantes. Los jóvenes que iban en la caja se colgaron sus armas en bandolera e hicieron círculo con los demás, alrededor de un pequeño bulto cubierto con una lona polvorienta.

A una orden de Hazrat, los jóvenes y el guardián alzaron con cuidado la lona, procurando mantener los pies lejos de los restos. Todos observaron lo que parecía un enorme juguete, de tres brazos de largo y seis de envergadura. Una de las alas se había quebrado al tocar el suelo y la parte trasera del fuselaje estaba doblada, pero aquello no parecía tener daños graves, si se exceptuaba un agujero cerca del morro. En el suelo había una mancha oscura y reseca, quizá una mezcla de gasolina y de aceite.

El conductor del camión extrajo una pequeña cámara de su morral e hizo fotografías en perspectiva y de cerca, asegurándose a cada toma de que los resultados eran satisfactorios.

Se extendió la lona en el suelo y los dos jóvenes armados, con cuidado, agarraron el aparato y lo colocaron encima, siguiendo las instrucciones del delegado gubernamental. Luego, cuatro hombres tomaron la lona por sus esquinas y subieron al camión la preciada carga.

Los niños vieron cómo Hazrat y la comitiva que le seguía se dirigieron al punto donde días atrás dispararon al avión, y vieron varias veces cómo describía con el bastón la trayectoria del aparato cuando fue derribado.

Antes de emprender el regreso, la Alta Autoridad sacó de sus bolsillos un fajo de billetes atados por una goma y se los tendió a Hazrat Banaras.

Al notar el gesto de incomprensión de este, el representante del gobierno aclaró: Tres mil dólares; es la recompensa por capturar uno de estos aparatos. ¿No lo sabías?

No, no lo sabía, se dijo Hazrat mientras tomaba el dinero.

Sukhran, dijo inclinándose.

Mientras el camión se alejaba y los miembros del Consejo se felicitaban por el inesperado premio, los niños descendieron del promontorio y corrieron tras la estela de polvo, en una persecución imposible.

Hazrat prefirió volver andando al poblado, aun sabiendo que su mujer estaría esperándole. Tenía muchas cosas en que pensar.

DOCE

Mi madre me lo soltó de sopetón el viernes mientras cenábamos: Podríamos irnos el martes al pueblo y pasar allí la Semana Santa, hace mucho que no vamos...

Sentí una sacudida, como si me descargaran electricidad entre las uñas de los pies. Respondí con un «¡Nooo!» a medias entre la rabia y la queja. Argumenté que tenía mucho que estudiar durante las vacaciones, que no podía irme.

Puedes estudiar en el pueblo, me respondió.

Allí no puedo, mamá, tú lo sabes, le dije. Y traté de rebañar otros argumentos: Necesito el ordenador, pasar por la biblioteca, preparar unos apuntes con unos compañeros, no falta nada para el final del curso...

Es difícil llevar la contraria a mi madre. No suele replicar, pero cuando se la contradice pone un gesto mohíno y se encierra en un pozo de silencio. Después de un no, puede estar horas sin decir palabra, haciéndote sentir culpable. Lo mismo hacía con mi padre, aunque con él tenía motivos.

Por eso, me sorprendió lo que dijo a continuación: Entonces, iré sola.

Sentí que en sus palabras había más firmeza que ira. ¡No lo podía creer! Me sentí desconcertado, sobre todo cuando me explicó con calma: Debo ir con tu tío a firmar unos papeles de la casa y las tierras de los abuelos; si no quieres venir conmigo, iré el jueves y volveré el sábado.

Me parece bien, le dije todavía incrédulo, pensando en la posibilidad de estar solo un par de días, de verdad tengo mucho que hacer, mamá.

Mientras recogíamos la mesa comenzó a darme detalles: el tío Ramos quería arreglar la casa de los abuelos para vivir en ella; después de tantos años, llegaba el momento de poner orden en la herencia familiar, lo que significaba desenmarañar un lío de repartos entre tíos-abuelos, hijos, sobrinos y otros parientes. Me habló, animada, de casas, huertos, tierras y eras que yo conocía por haberlos visitado desde niño, la última vez en unas espantosamente aburridas vacaciones de verano hacía dos años. Estaba contenta porque además eso significaba que recibiríamos cierto dinero, aunque no se podía saber ni cuándo ni cuánto.

Esa noche estuvo dicharachera como pocas veces. Me fui a la cama feliz.

El sábado utilicé todas mis artes para convencerla de que se podía marchar el martes y tomarse unos días de vacaciones. Para mi sorpresa, acabó aceptando. Pasó el domingo guisando y ordenándome la comida en *tuppers*, repartidos entre la nevera y el congelador. Tuve la santa paciencia de ayudar a colocar etiquetas con el contenido y la fecha en cada caja:

la cena del martes, la comida del miércoles, la cena del miércoles… De soportar una vez más las instrucciones para resolver cualquier contrariedad, desde la pérdida de llaves a una fuga de agua… Y de revisar con ella los teléfonos del médico, de la compañía de seguros, de la policía, del tío… Esa misma tarde saqué por Internet los billetes; de tren de Atocha a Mérida y de autobús desde Mérida hasta el pueblo. Los pagué yo, claro.

Todo me pareció liviano pensando en los cinco días solo en casa.

Supongo que cuando las cosas están maduras caen por su peso, como se suele decir. Era la primera vez que mi madre me dejaba solo, algo que yo sentía que habían experimentado muchos compañeros de clase. Quizá por fin mi madre me consideraba lo bastante mayor como para valerme por mí mismo. ¡Ya era hora! Me quedaría solo para estar en pelotas por casa, si me daba la gana (aunque esos días hacía frío); solo para poner en la tele lo que quisiera; solo para no tener que dar explicaciones a nadie; solo para colgarme del teléfono o estar en mi habitación jugando con la puerta abierta; para acostarme cuando me diera la gana y para levantarme a mi aire… ¡Solo!

Pero confieso que al dejar a mi madre en el tren me dio cierto miedo. ¿Y si le pasaba algo? ¿Y si yo sufría una apendicitis y no la avisaban a tiempo? ¿O si alguien, efectivamente, me atracaba en la calle? La verdad es que en ese momento sentí algo de rencor hacia ella: así que me dejaba y no le importaba lo que me ocurriera, ella que decía quererme y necesitarme tanto… Eché cuentas y vi que tardaría más de seis horas en llegar a Mérida; eso, más el viaje en autocar. En total, ocho horas de viaje. Pobre, me dije, ella sola. Me sentí culpable.

Chorradas. Se me pasó en cuanto su tren se perdió en la distancia.

En la calle me sentí el rey de la ciudad. Eran poco más de las diez. Tenía el día para mí. ¡Y pasta en el bolsillo! Desayuné un café con churros frente a la estación. Me encantan los churros, pero casi nunca los tomo. Los sábados y domingos, que podría bajar a por ellos, me zampo las tostadas y el zumo que mi madre me prepara, por no desairarla.

Lloviznaba cuando salí a la calle. El camino a casa, subiendo por Méndez Álvaro y la avenida de Entrevías, debía de ser de menos de cinco kilómetros y decidí hacerlo andando pese a la lluvia. ¡Qué gozada! No dejaba de pensar en lo primero que iba a hacer cuando llegase a casa.

Eché de menos tener un móvil. Habría llamado a Andrés, a Abel, al Churri, al Perilla… Y sobre todo a Helena. Pero Helena estaba lejos.

Buf, me dije, estoy verdaderamente solo.

De pronto, no sé por qué, sentí unas ganas tremendas de comprarme algo. A veces se dice que los deseos compulsivos de ir de compras tienen que ver con las frustraciones y creo que por primera vez en mi vida sentí ansia por comprar algo, e hice una lista mental: un móvil, unos pantalones, un anorak, unas deportivas… El tramo desde la estación de Atocha hasta la de Madrid Sur es un camino de tapias, edificios industriales y solares por edificar, y sentí no haber vuelto por Ciudad de Barcelona y la Albufera, que tienen tiendas, al menos para ver escaparates. No me sentía frustrado, sino contento, casi feliz, así que pensé que esa compra tenía que ver con dejar constancia de un acontecimiento que merecía recordar: las-Reebok-de-cuando-se-fue-mamá, y cosas así.

Me dije que algo me compraría, pero que no tenía prisa, que debería pensarlo bien.

La lluvia arreció. A veces, cuando mis amigos y yo volvemos de noche en el 102 por ese mismo camino, vemos putas en los alrededores de la Estación Sur, casi todas jóvenes, algunas procedentes de lugares exóticos. Se cuentan muchas historias sobre ellas, no sé si ciertas. A esas horas no se veía a ninguna, pero tuve la fantasía de pensar que por la noche podría pasar por allí e ir a casa con una de esas chicas. No era tanto un deseo como mi fantasía de estar solo, de no tener a nadie que me controlara. Nada que ver con comprarme unos pantalones, por ejemplo.

Llegué a casa empapado. Eché en falta a alguien que me dijera: Pero hijo, ¿cómo vienes así? El silencio era apabullante, pero no solo el de ese instante, porque esa quietud era como un animal que extendiera sus tentáculos hacia los días venideros: mañana, pasado mañana, el otro, el otro… Caminé hacia mi cuarto dejando en el suelo un reguero de gotitas. Abrí la habitación de mi madre, vi la cama hecha, la persiana a medio bajar, las ventanas cerradas. Fui a la de mi hermana, con su cama y sus muñecas aún en el estante. Ella podría volver en ese mismo momento y protestaría por tener la caja del ventilador junto a su ventana, la escalera en la pared, bolsas bajo la cama… Pero todo lo demás estaría en su sitio: los libros de segundo de ESO, sus pendientes, su diario, sus braguitas dobladas en el cajón… Para mi madre, la habitación de mi hermana es un santuario. A saber lo que habrá llorado allí dentro cuando nadie la veía.

Lo de mi hermana fue un hachazo también para mi padre. Envejeció diez años los diez días que ella estuvo en el hospital. Cuando ingresó no parecía importante, un poco de fiebre alta. Luego dijeron una palabra maldita: encefalitis. Si hay una cosa que yo no sería nunca es médico. Comprobar que no puede hacer nada debe de ser un marrón. Podemos ir a la Luna y descubrir sistemas solares en lugares donde nunca podremos llegar, pero no podemos pelear contra un mísero virus.

Esos días y los siguientes yo tenía la fantasía de que las cosas entre mis padres se arreglarían, pero casi mejor que no haya sido así.

Las casas se van llenando de recuerdos que durante mucho tiempo parecen escondidos. Pero en cuanto pueden salen revoloteando como bichos, y no hay nada mejor que el silencio y la soledad para que surjan de sus madrigueras. Algunos son agradables como mariposas, y que conste que yo tengo bastantes mariposas de cuando era niño, nada que ver con historias que a veces he oído de algunos colegas de clase, para quienes la vida ha sido un asco desde que les dieron la primera teta. Pero otros recuerdos se arrastran venenosos por el suelo o las paredes, te pican en cuanto te descuidas, y las ronchas te duran horas.

Yo no estaba dispuesto a dejarme llevar por ningún mal rollo, así que espanté como pude los recuerdos de mi hermana. Fui dejando la ropa mojada en las sillas y en el sofá, sin importarme las humedades, que habrían desaparecido cuando llegase mi madre, y encendí el ordenador mientras volvía a vestirme. Eran apenas las once y media y tenía el día entero para mí. Spotify me ofrecía casi toda la música del mundo, sin restricciones ni anuncios, y gratis; elegí a Tom Waits y lo puse al volumen que me dio la gana. Tenía tres mensajes en la bandeja de entrada. Uno, de una pesada de clase que firma como *Dulcecorazón* y me tiene incluido en su lista de correos, a los que manda imágenes y fragmentos de poesías cursis. Otro era de un colega de clase con un enlace porno. Eché un vistazo al *spam* antes de sentarme a leer el tercero; todo estaba controlado porque tengo mi propio filtro y desde hace tiempo no se me cuela nada que no tenga interés; los borré todos en cuanto leí los encabezamientos.

El que me faltaba era de Catarina y era más largo de lo habitual. Resumiendo, me felicitaba por mi última evaluación, me comentaba que, si quería, esos días podríamos hacer sesiones dobles, a las cuatro de la tarde y a las once de la noche y, lo más importante, el último párrafo:

> El equipo de diseno está preparando un nuevo producto en línea con Avatar, pero no puedo ser más precisa. Quieres encargarte de probar simuladores de equipos de vuelo y combate? Lo más moderno...

¡Me entusiasmó! Ya hace tiempo le había dejado caer que estoy cansado de los juegos de lucha, que los tengo bien vistos.

Me dejaba una dirección y una nueva clave, que tengo que utilizar sumada a la mía y al *dongle* conectado a mi ordenador.

Entré en un sitio casi inexpugnable, a probar algunos prototipos. Aquello no me lo pagaban, pero se me hizo la hora de comer.

El cabo North llevaba dos días de mal humor.

No le gustaba perder a sus pájaros, como él los llamaba. La última vez había sido hace dos meses, por un fallo técnico. Un estabilizador de cola.

Aquello entraba dentro de los riesgos.

Pero ese avión abatido...

A media mañana, pasó por la cafetería del cuartel. Solo en la barra, pidió un café y un dónut con mermelada, que tomó deprisa.

Pensó en el informe que acababa de redactar, y en las tres fotografías que lo acompañarían.

¡Malditos barbudos!, se dijo.

Al salir de la cantina, observó los grupos de soldados sentados en sus mesas. En una de ellas, tres hombres y una mujer jugaban a los dados. Vio cómo el cubilete se alzaba, describía un arco en el aire y caía pesadamente sobre el plástico de color verde, produciendo un sonido estrepitoso. Al poco, se oyeron los gritos de los jugadores.

Se acercó y vio cómo sobre la mesa unos clips de colores eran trasladados de unos montones a otros. En el cuartel estaba prohibido apostar dinero, pero todo el mundo sabía a qué equivalían los verdes, los rojos y los azules.

Sin decir palabra, fue hacia la mesa, tomó el cubilete y echó dentro uno de los dados.

Lo agitó en el aire y lo dejó caer en la mesa, con un ruido sordo.

Cuatro, se dijo cuando el dado quedó a la vista.

Luego caminó hacia su despacho, sintiendo en su espalda la mirada sorprendida de los jugadores.

TRECE

Siempre he vivido en la misma casa, así que me conozco de memoria a todos los vecinos, que tampoco son
tantos: tres puertas por planta, más los dos bajos, en total
once.

Vivo en el segundo y no hay ascensor, de modo que
estoy harto de subir y bajar las escaleras y de encontrarme
con las mismas personas.

En el pueblo de mi madre, que también es de mis
abuelos, dicen que la suya es tierra de conquistadores,
supongo que porque muchos de allí se fueron a América,
hartos de ver la jeta de los vecinos de siempre y buscando
oportunidades para salir de la miseria. En mi bloque no
vive precisamente gente muy atrevida. Somos más o menos
los mismos desde que yo recuerdo, y para mí no hay nada
más deprimente que imaginarme dentro de diez años subiendo y bajando estas escaleras.

Podría estar meses hablando de los vecinos y de sus manías. No sé qué extraña razón trajo a mis padres a vivir a este bloque, pero cuando yo era pequeño ya no había niños de mi edad. La casa era vieja y los chicos eran mayores, de forma que durante años yo me crucé siempre con gente más alta que yo, mientras que ahora esto está lleno de nietecillos ruidosos. Si hubiera justicia en el mundo, debería dedicarme a dar collejas a esos enanos, las mismas que sus padres me dieron a mí.

Mi madre protesta porque siempre estoy con el ordenador, pero ¿adónde voy a mirar? ¿Al patio, a fisgar las bragas que las abuelas cuelgan en el tendedero? Dan ganas de vomitar. ¿Por la ventana, para ver a los viejos sentados al sol, o a grupos de renacuajos jugando al fútbol? Otra de las cosas que me desmoralizan es contemplar en el buen tiempo a jubilados en pijama, asomados a sus balcones, fumando sin parar, esperando a morirse. Quizá lo de mi madre sea una queja, y lo que desee es que esté más tiempo con ella, que salgamos por ahí a pasear y cosas así. Eso ya lo hice muchos años, salir a comprar y ver escaparates.

No sé si habéis tenido alguna vez la oportunidad de ser libres, imagino que sí: zampar como un cerdo en el sofá mientras ves una película con las patas en la mesa, apilar los cacharros en el fregadero hasta que no hay sitio para meter una cuchara, llevar a puntapiés los calzoncillos hasta el cesto de la ropa sucia o no tener que estar pendiente de si haces ruido si te apetece darte un premio en la ducha o en la cama.

Vale, ¿está bien, verdad?

Pero también os aseguro que el asunto se hace insoportable si te tiras más de veinticuatro horas sin hablar con nadie.

Llega un momento en que estás deseando que te llame alguien para salir, que suene el maldito teléfono al menos una vez y que sea para ti. (Mi madre llamaba un par de veces al día para saber si estaba bien, pero eso no contaba). El miércoles por la noche yo estaba desesperado y me propuse que el día siguiente sería distinto.

Mis colegas seguían haciendo alpinismo y otras cosas más entretenidas, y la lista de gente de quien tengo su teléfono o su correo es más bien corta. Ya os he dicho que no ando sobrado de amigos, y por un momento tuve fantasías incluso con Catarina: ¡mira que si durante estos días le daba por venir a España...! Pero eso era estúpido.

Como un náufrago desesperado, esa noche me dio por responder a Dulcecorazón. Le escribí: Me gusta eso último. Me refería a un poema de Benedetti que, de verdad, sonaba aceptable. Y me atreví: Estás x aquí? ;-)

¡Premio! Minutos después, mientras me preparaba un bocata, sonó un aviso de entrada de correo. Pling. ¡Sí, estaba por allí!

Después de pelotearnos varios correos cortos, quedamos el jueves a las seis. Me sentí un triunfador. Aunque Dulcecorazón, que en realidad se llama Patricia, no es la chica de mis sueños (¡nada parecida a Helena!), por una vez parecía que las leyes de la probabilidad jugaban a mi favor, y estaba decidido a aprovecharlas.

Podéis reíros, pero hasta hace nada mi madre me compraba la ropa y me metía en ella. No era que me preguntara: ¿Te gustan estos pantalones?, por ejemplo, sino que era como si me dijese: Estos pantalones son para ti, los he comprado con muchos esfuerzos y sudores, me parecen muy bonitos así que métete dentro de ellos y no discutas. ¿Para qué iba a discutir?

El jueves por la mañana fui a comprar algo de ropa, unas zapatillas, un pantalón y calcetines a mi gusto. Durante la comida puse orden en la casa, no porque esperara nada en especial, sino porque la verdad es que aquello estaba hecho una cochambre.

Y mientras fregaba y todo eso me sentí estúpido. ¿Quedar con Patricia era *una cita*? ¿La saludaría con un beso? ¿Debería comprar preservativos? ¿Iría sola...? Una hora antes de quedar con ella estaba más que arrepentido.

Podría enrollarme a lo bestia si pretendiera contar cómo fue todo, qué comimos, por dónde paseamos, los diálogos y los silencios. Por lo que he comprobado en el instituto con los rollos que nos han hecho leer, hay gente que se gana la vida escribiendo folios y folios sobre eso. Le dan a la manivela de escribir y se tiran cinco o diez páginas contando algo que se podría decir con cuatro frases. Quizá por eso me gustan los cómics y las novelas gráficas, porque van al grano.

Si queréis saber, os diré que fue más o menos bien. Quedamos en la plaza de los Cubos, el sitio socorrido que manejo más o menos de ir con mis colegas. Paseamos por el parque del Templo de Debod y volvimos andando hasta Cibeles. Le pregunté si quería ir a una discoteca o algo así y me dijo que prefería que no, cosa que me tranquilizó porque no sé bailar, y cenamos unos bocatas en un Pans. Nos bajamos poco antes de la Asamblea y la acompañé a su casa, porque aunque hacía algo de frío al menos no llovía. Patricia es menos cursi de lo que había imaginado y no está siempre hablando de libros, como parece por sus correos.

En resumen, creo que le parecí más o menos simpático, que no metí la pata y que la cosa está abierta para vernos de nuevo, aunque no es que me pirre por otra vez. Volví a casa cerca de la una, sin tener que dar explicaciones.

Mientras subía la escalera me daba risa recordar lo de los condones. Yo creo que muchos de mis colegas se tiran demasiados pegotes. Supongo que si vas a una disco o de botellón y te pones ciego de lo que sea puede pasar de todo, pero en una primera cita normal, la verdad es que no veo cómo pasar a la acción. O a lo mejor es que yo soy muy cazo.

A pesar de que esos días llevaba un montón de horas con el ordenador, volví a encenderlo cuando llegué a casa.

Llevo en un cuaderno el control de todas las sesiones que tienen que pagarme y no se han equivocado jamás. Supongo que es la misma Catarina la que lleva las cuentas. Ahora tengo una pasta en el banco, y cada vez que me mandan una carta me quedo alucinado.

Lo que no sé es cuántas horas al mes dedico al ordenador. Supongo que cientos. Algunas me sirven para preparar los combates, las pruebas y todo eso. Estos días me están gustando especialmente porque, aparte de que no tengo que salir de la habitación de vez en cuando para ver cómo van las cosas o si mi madre necesita algo, ni siquiera me pongo los cascos.

Dicen que el mundo de los videojuegos mueve hoy más dinero que los de la música, los libros y el cine juntos. La verdad es que no me extraña. La gente que me paga trabaja realmente bien, y deben de tener equipos de programadores que se ocupan hasta de los más pequeños detalles. Estos días que estoy ensayando puedo escoger con qué avión voy a volar, y elegir desde el nivel de combustible hasta las condiciones meteorológicas. Hay horas en que tengo la sensación de que vivo en la cabina de un avión, aunque todo se controla con el teclado, un mando y un pedal. Solo falta que dentro de un tiempo me llegue un gran paquete con un asiento de piloto, a pesar de que sea innecesario porque todos estos aviones son UAV, de vuelo automático, aunque a veces, como cuando juego o me encargan alguna misión, se supone que *alguien* toma el control. Y ese alguien soy yo.

Dentro de poco, es posible que no se necesite siquiera a ese *alguien*.

Me gustan más los aviones pequeños y medianos que los grandes, y la escala va desde los pocos kilos a las varias toneladas. Los pequeños son más lentos pero mucho más maniobrables, como los juguetes de aeromodelismo que he visto volar en algunos campos, aunque no hay color entre unos y otros; es como correr con una bicicleta y competir en la fórmula 1. Los del proyecto que me han encargado probar son medianos, de entre cien y quinientos kilos, se supone que bastante más pesados porque irán armados. De todos modos, se manejan bastante bien.

Por curiosidad, a veces he ido a alguna tienda a ver videojuegos y la verdad es que me ha emocionado encontrar algunos en los que he participado. A mí me encanta lo que hago porque los juegos tienen un nivel, pero me sorprende lo que la gente es capaz de comprar o de descargarse por Internet. Recuerdo que un juego decía en su carátula: «Los bandidos le han robado la novia al *sheriff;* persíguelos evitando trampas y disparos; al mismo tiempo, podrás recoger balas, comida y salud». Otro más alucinante: «Han despedido al loco de la oficina y está verdaderamente enfadado; empieza quemando a la secretaria y busca la escopeta del jefe». Y otro: «Usa el *spray* para limpiar la sangre antes de que alcance la parte inferior de la pantalla; mientras,

tendrás que ir recogiendo ojos, corazones y trozos de carne».
Os juro que es así.

Confieso que yo también hace tiempo jugué a algunas cosas que ahora me dan vergüenza. Por eso, a nadie le cuento lo que hago. Con Patricia hablé de cine y de cómics, aunque ella puso un gesto raro cuando le dije que me gustaban mucho y que quería ser ilustrador.

Tengo que encontrar rápido una profesión seria.

CATORCE

La víspera del regreso de mi madre llegaron mis amigos montañeros. Quedé con ellos al final de la tarde, sin preocuparme de la hora, y volvimos en un búho casi a las cuatro de la madrugada. Andrés y Marta estuvieron todo el rato acaramelados como bobos; seguro que ellos, al menos, han hecho algo más que escalar montañas.

En cambio, entre Helena y Abel me pareció que había más frialdad que de costumbre; no sé si confundía mi sensación con mi deseo.

También es cierto que Helena es una especie de diosa helada. Mira a todo el mundo por encima del hombro, sobre todo a mí, de quien se burla a la menor ocasión. Sospecho que es uno de los problemas que tienen las chicas tan guapas. Tienen que volverse inaccesibles. Si no, deberían andar todo el día dando manotazos a los moscones.

Antes de salir estuve tentado de llamar a Patricia, pero me pareció que quizá interpretase mal lo de salir con otras dos parejas. Pasé la noche arrepintiéndome de ello, porque no me apeteció nada estar de sobra con los cuatro. Solo Abel me hizo algo de caso, y sentí como si hiciese carantoñas a un perrito desvalido.

A veces me como el tarro más de lo necesario.

El sábado por la mañana me dio un bajón. Tenía que recoger a mi madre en Atocha sobre las cinco y con eso se acababan mis vacaciones, que habían pasado demasiado rápido. Mientras ordenaba la casa vi sobre la mesa los cómics de Joe Sacco que pensaba leer. Ni los había abierto, lo mismo que los libros de clase. ¡Debería dedicar el domingo y el lunes a ponerme al día de ejercicios y apuntes!

Repugnante.

El encuentro con mi madre fue mejor de lo esperado. Venía lastrada con un bolsón mayor que el que había llevado, pesado como el demonio, y al llegar se abrazó a mí como si volviera de pasar años en el Tíbet. Le ofrecí tomar un taxi pero dijo que no, y en el autobús me contó un montón de cosas sobre la familia; todos me enviaban muchos cariños y estaban deseando que volviera. En ese momento recordé a mis perversos primos Nando y Miguel, tan bestias que me hacían aguadillas en el río cuando tenían diez años más que yo; todavía guardo la imagen de las burbujas de aire que salían de mi boca mientras me hundían en el agua, y creo que de ahí viene mi aversión a ríos, charcas, playas y piscinas. Sonreí a mi madre, pobre. La familia…

Me había pasado la mañana dándole al jabón, el estropajo y la fregona, así que la casa estaba bastante presentable. Mi madre no dijo nada de mi eficacia limpiadora pero, como si fuera una autómata, abrió la nevera y el congelador, echó un rápido vistazo de experta y me soltó: Hijo, pero si no has comido nada... Antes de que comenzara a justificarme, abrió el bolsón y fue nombrando: Una ristra de chorizo, un salchichón de ciervo, unos huesillos, Torta de la Serena, queso de Ibores, huevos de granja, dos morcillas patateras, un frasco de miel, pimentón... como si fuéramos a pasar dos meses en un campo de refugiados. Del fondo de aquella enorme bolsa sacó otros paquetes envueltos con papel de estraza y dijo para que me quedase tranquilo: Dos juegos de sábanas bordadas de la tía Aquilina, hijo, no las iba a dejar allí, tres manteles y además, mira, un joyero con algunos pendientes y alhajas, lo poco que queda...

Yo estaba sentado en el sofá viendo aquella exhibición de riqueza, con la sensación de que mi madre me trataba como a una amiga que pasara por su casa a tomar un café. Siguió contándome cosas sobre la familia y la herencia, que os ahorraré.

Lo importante es que me gustó que volviese contenta. Era un argumento para lograr que este verano se fuese al pueblo dos semanas o un mes.

Hace años se puso en práctica lo que se llama computación compartida. Como se supone que la mayor parte del tiempo los ordenadores encendidos no hacen nada, alguien pensó que ese tiempo de recreo podía aprovecharse para ayudar a un ordenador más potente a hacer cálculos. Así, el trabajo se distribuye entre muchos; aquello se pensó para buscar vida extraterrestre, señales de marcianos, lo del genoma...

Si en esta casa hubiera varios sebastianes, el asunto sería llevadero, hoy tú, mañana el otro... Compartir una madre está muy bien; lo malo es tener que hacer la tarea uno solo.

Transcurrido un tiempo prudencial fui a mi habitación, argumentando que aún me quedaba mucho por estudiar.

No di ni palo. Parte del tiempo estuve tirado en la cama leyendo el *Gaza* de Sacco, una historia brutal. Si algún día me hago ilustrador, trataré de que muchos libros, incluso los de texto, estén contados en cómic.

Y hasta la hora de la cena estuve con el ordenador.

Envié un correo a Andrés:

K tal? Ya vi ayer que bien con Marta. Cuéntame. Brzs.

Como tenía la sensación de que podría tener respuesta o no (lo cierto es que me habría gustado que me contara detalles de su aventura con su chica), envié otro a Patricia, que me costó más trabajo escribir, y en el que la ponía en el brete de contestarme:

Hola! Lo pasé bien el otro día, espero que tú también. De qué libro sacaste el último poema que mandaste? Me gustaría leer otros. Seb.

El resto del tiempo entré en los simuladores de Catarina, con la intención de matar el tiempo.

Me resultó curioso que solo hubiera disponible uno de los aviones con que había navegado los días anteriores. En ese momento interpreté que los programadores habían acabado una última versión del juego con un MALE de combate y ataque perfectamente equipado, que aparecía solo en la pantalla como si llevara horas esperándome. El dibujo del avión giraba sobre su eje y a su alrededor había información técnica, que traduje: Outrider VC, autonomía 200 km, techo máximo 3000 pies, 800 proyectiles.

Los aviones con que juego son engañosamente peque-ños. La envergadura del aparato que tenía en mi pantalla apenas debía superar los dos metros, y su altura era de unos setenta centímetros, pero el dibujo daba la impresión de una máquina mucho mayor. Un MALE es una versión de media altura y largo alcance, a diferencia de los HALE, que alcanzan mayor techo. La versión de combate de este Outrider era más pesada que la de reconocimiento que yo había probado antes y, por tanto, era de esperar que consumiera más combustible. Además, me dije antes de comenzar el ensayo, había que tener en cuenta el efecto de los disparos sobre la navegación, sobre todo durante las maniobras…

Los programadores de Catarina trabajan bien. En cuanto pulsas el botón de encendido, el dibujo deja de girar y es como si te enfrentaras a una visión real dentro del aparato. Mientras se abren las compuertas del hangar tienes ocasión de comprobar el estado del tren de aterrizaje, de los *flaps,* del timón, de la bomba de combustible y de los aparatos de navegación. A medida que el aparato avanza sientes los pequeños traqueteos sobre el piso y la potencia de los motores. Y luego no tienes más que dirigirte a la pista de aterrizaje y dar gas. Cuando la velocidad alcanza un punto crítico, tiras levemente de los *flaps* y el avión se eleva con suavidad. Diferentes sensores informan sobre la temperatura exterior, la altura y la fuerza y dirección del viento, así como, por supuesto, de la posición.

Mientras mis vecinos de arriba ven en la tele un programa basura con el volumen al máximo, mientras tose con desesperación el anciano de al lado, mientras pitan los coches en la calle, mientras suenan las cisternas de no sé dónde y mi madre escucha la radio… ¡Yo vuelo!

Comprenderéis que me encierre en mi habitación.

Es verdad que las imágenes son más o menos sintéticas, pero en mi pantalla veo tierra, cielo, ríos, montañas y carreteras que utilizo como referencias en mi navegador. Puedo descender hasta ver sembrados y casas, o ascender en sucesivos *loops* en cielos nubosos o bajo la lluvia. En las misiones nocturnas, incluso puedo ver la luna y las estrellas. ¡Vuelo!

Los datos que necesito conocer están impresos en la pantalla. Una flecha indica la dirección al frente, sobre una brújula. La inclinación de las alas se muestra poco más abajo, en relación con la tierra. Hay un altímetro, un velocímetro, indicadores de los niveles de combustible... Después de haber probado otros *drones,* pensaba que aquel aparato no tenía secretos para mí. Un vuelo rutinario, en un avión pesado, pero suave de manejar.

Eso me dije, hasta que un mensaje apareció en pantalla: «Target, 2000 ft, NNW». De inmediato, un vector rojo se sobreimprimió, indicando la dirección nornoroeste, un contador fue decreciendo: 1950, 1900, 1800... y un pitido avisó de una acción inminente. Por instinto, coloqué el avión en línea con el vector rojo y descendí, pero no a tiempo. Cuando el marcador indicaba los 200 pies vi pasar delante de mi morro lo que parecía una diana en rojo, supuestamente colocada en tierra.

Había fallado ese primer objetivo, pero no tardé en recibir otro aviso parecido: «Target, 3000 ft, SSE», lo que me obligaba a hacer un viraje en redondo y en picado. Esta vez tuve ocasión de colocarme a cien pies sobre el suelo cuando aún faltaban trescientos para el objetivo. Cuando tuve a tiro la diana perdí décimas de segundos en preguntarme dónde estaría el botón de disparo, lo bastante como para que mi objetivo pasara de nuevo ante el morro de mi aparato, intacto.

Lo logré a la tercera. Pocos segundos después de aquel error se me informó de la siguiente diana. Subí, giré, descendí, enfilé el objetivo, ajusté el visor del disparo y apreté el gatillo tres segundos. Una nube de humo se elevó por encima de lo que había sido un círculo rojo inscrito en un cuadrado blanco. Vi el marcador de munición y comprobé que estaba un poco por encima de 400, de los 800 iniciales. ¡Más de cien proyectiles por segundo, una tormenta de balas!

Me propusieron diez dianas, de las que alcancé seis. En las dos últimas, pese a haber realizado correctamente la maniobra, me faltó munición. Tuve la sensación de que los últimos blancos, además, eran móviles. El nivel de combustible, al aterrizar, estaba en el quince por ciento, un nivel delicado aunque no peligroso. Acabé aquella sesión sudando.

Aquello había sido un desastre.

Miré el reloj. Había transcurrido algo más de una hora y la calle estaba oscura. El viejo de la casa de al lado seguía con sus toses y mi madre estaba en la cocina, preparando la cena.

El puñetero y aburrido mundo real.

¡Te aseguro que es bueno!, insistía Mosquito a la sargento Oates.

Bueno o no, esta es una misión para los chicos de aquí, replicaba la sargento. No estoy dispuesta a jugarme el trasero si algo sale mal, añadió.

Llevaban más de media hora discutiendo, y el cabo North tenía la suficiente confianza con su sargento para no cejar en sus argumentos, sin olvidar que la mujer era su superior y que en definitiva tenía la última palabra. Volvió a insistir:

No hay riesgos; si algo no sale del todo bien, la misión quedará enterrada entre las otras doscientas del día. Además, remachó North, te apuesto una cena a que lo consigue al menos en un ochenta por ciento.

Yo soy la que tiene que dar la cara luego.

¡Si quieres, yo me hago responsable! Después de todo, el protocolo deja a mi equipo este tipo de misiones.

¡No es por la misión!, replicó Florence, y siguió explicando: Pero no está en el protocolo que este tipo de operaciones sean encargadas a agentes externos, y desde luego mucho menos a un aficionado.

¿Aficionado? Tendrías que verle. Posee un olfato natural para estas cosas. Ya quisiera yo que mis chicos, después de meses de entrenamiento, tuvieran la mitad de los reflejos que él. Además, si le das la misión y la realiza con éxito argumentarás en la línea de tu último informe. Vamos, mujer, atrévete de una vez. Inténtalo una sola vez.

La sargento Oates contempló al cabo North y entendió por qué le llamaban Mosquito. Era tenaz, insistente, insidioso, capaz de perforar la piel y de chupar la sangre de sus adversarios hasta dejarlos exhaustos.

El cabo North interpretó el silencio de Oates como un permiso para volver a su razonamiento.

Piensa, Bulldog, piensa, le dijo.

Florence W. Oates, sargento de primera, ingeniera de telecomunicaciones y especialista en guerra electrónica, solo consentía a dos o a tres personas de la base que se dirigieran a ella con ese apodo, y uno de ellos era el cabo North.

El cabo Martin J. North, informático y matemático, instructor en reconocimiento y combate electrónico, que en sus escasos ratos de ocio estudiaba para sacar un doctorado en filosofía, supo que tras aquella pausa la mujer estaba a punto de claudicar. Abandonó su tono apasionado de minutos antes y empleó otro más persuasivo, huyendo de los argumentos manejados al comienzo de la conversación.

Sabes que llevo razón, dijo Mosquito, que siguió mientras la sargento se rascaba su cabeza bermeja: Los dos tenemos razón, y llevamos meses hablando de ello. Esto no es lo que era antes, y en el futuro las cosas serán de otro modo. Ahora no se trata de enviar a cientos o a miles de nuestros chicos a luchar con otros cientos o miles de desarrapados, para pagar sueldos y regalías o acabar debiendo pensiones de viudedad. Mis muchachos hacen el trabajo a once mil kilómetros de distancia, de nueve a tres y de cuatro a diez, y lo hacen con más precisión y mucho más barato. Vale, ese chico no es del equipo, pero está más cerca del objetivo. Y no perdemos nada por probar. ¿Quieres que revisemos de nuevo los cálculos?

No, dijo la sargento.

La rotundidad de Oates y el silencio que siguió desconcertaron a North. No sabía si la negativa era a revisar el informe que habían hecho entre ambos o a la operación en su conjunto. El cabo resopló y alzó las manos, dándose por rendido.

Pero Oates preguntó: ¿En cuántos has pensado?

Cuatro, respondió él.

Ni uno más ni uno menos, dijo la sargento, y quiero el vídeo sobre mi mesa una hora más tarde de que acabe la operación.

El cabo North habría abrazado a su superior, pero no se permitió tal licencia. Apretó los puños, triunfante, sonrió y se dirigió a la puerta.

Antes de que desapareciera, Bulldog dijo al cabo, severa: Y ni una palabra a nadie, ¿eh?

QUINCE

Hay días que amanecen bastante sosos y que acaban de forma inesperada.

Esa noche sonó el teléfono mientras cenábamos. Seguro que es del pueblo, dijo mi madre levantándose. Pero no, era *ella*.

No esperaba que ese día me propusieran una sesión, sobre todo después de las pruebas de la tarde, de las que debía de quedar constancia en La Fábrica, o como rayos se llamara el sitio donde elaboraban esos programas. Era sábado, un día infrecuente. Además, Catarina dejó un mensaje enigmático: Mira el correo y responde urgente.

Aparenté no tener prisa, pero me moría de ganas de ir a mi habitación. Acabamos la cena, dejé que mi madre siguiera con sus aventuras familiares y traté de responder lo mejor que pude a sus preguntas acerca de lo que había hecho esos días; no había sido otra cosa que estudiar, claro.

El correo decía que la gente de Catarina estaba satisfecha con mi prueba en el *drone* esa tarde. Me proponían una simulación con el mismo aparato, pero no a las once y media de la noche, sino a las siete de la mañana. Podía negarme, claro, pero venían a sugerir que la consideraban de forma muy especial.

Aquello resultaba insólito. Respondí que sí, que la aceptaba.

Siempre me ha parecido que madrugar es un castigo, y más un domingo de vacaciones, pero me intrigaba la propuesta. Era la primera vez en cinco meses que intentaban variar los horarios pactados y supuse que sería una prueba rara con varios jugadores, quizá situados en muchos lugares del mundo. ¿Montar una escuadrilla de *drones*? ¿Un combate aéreo?

Traté de dormir pronto, pero aunque apagué la luz antes de las once, no podía conciliar el sueño. Soy más bien búho, así que cerca de las doce me puse a leer. Sabía que a la mañana siguiente estaría hecho polvo y que no superaría el reto. Bueno, qué importaban cien euros más o menos.

Dejé el ordenador en *standby* para que se encendiera a las seis y media. A esas horas mi madre tiene el sueño ligero, y no quise utilizar el despertador. Fui al baño y me lavé la cara, aunque lo que necesitaba era una ducha. A las siete menos veinte esperaba nervioso ante la pantalla. Por pasar el rato descargué el correo. Un mensaje de Patricia, búho también, por lo que parecía; el libro de Benedetti se llamaba *Inventario*. Cerré el correo. Quince segundos más tarde, había olvidado el título.

Entré en La Fábrica a las siete menos diez. La pantalla me mostró el mismo Outrider del día anterior. Aunque las características eran idénticas, estaba cargado con 500 proyectiles. ¿Sería eso el más-difícil-todavía? Un temporizador marcaba la cuenta atrás.

Un minuto antes de las siete, la puerta del hangar se abrió, y se sobreimpresionó en mi pantalla el panel de control del avión. Como en anteriores misiones de juego, traduje del inglés: Cuatro objetivos, varones. Tiempo estimado de regreso al hangar: cincuenta minutos. Equipo: standard. Nada más.

Encendí motores, enfilé la pista y, respirando hondo, me dispuse a despegar. Noté que mi sueño y mi embotamiento se habían esfumado. Ya en el aire, me dejé llevar por la placentera sensación de estar flotando. No había alcanzado los mil pies de altitud cuando un vector rojo me orientó hacia lo que debía ser mi destino. Hasta entonces no caí en la cuenta de que el paisaje que veía a mi alrededor estaba teñido de grises, como si fuera de noche. Me sentí confuso porque al abrirse la puerta del hangar aquella parecía una mañana radiante, y supuse que veía el paisaje a través de algún filtro especial. ¡Ese debía ser el reto! ¡Visión nocturna!

Pero si era así, ¿cómo distinguiría las dianas? ¿Serían fluorescentes?

Un cartel avisó: Distancia al objetivo, 4000 metros. Hice un cálculo rápido y deduje que a la velocidad que iba tardaría apenas un minuto. Me costaba trabajo interpretar lo que veía en el suelo: una cinta oscura salpicada en ocasiones por lunares anaranjados a veces encuadrados en rectángulos negros. Mi cerebro se puso a funcionar rápido y encajó otras situaciones de juego: visión infrarroja. ¡Eso era! Sobrevolaba una carretera asfaltada, con camiones y coches con pasajeros.

Enfilé el suelo cuando el cartel indicaba que faltaban 500 metros para el objetivo. En mi pantalla aparecieron varios prismas de color oscuro, salpicados por manchas naranjas, que de inmediato traduje como edificios-personas. Pero no tuve tiempo de detenerme en los detalles porque cuando el indicador bajó a cero aquellas manchas habían desaparecido.

Una serie de pitidos, mientras el cartel mostraba números negativos, me indicaba que había sobrepasado el objetivo.

Dicen que actúo por instinto, y debe de ser cierto. Mi cerebro se acomoda inmediatamente a las situaciones y lo que podría explicar sucede en centésimas de segundo. Yo sabía que volaba a demasiada altura, que debía virar a estribor y describir un arco, que bastaba colocar el visor de disparo poco antes de seleccionar el blanco... Estaba preparado para ello; llevaba mucho tiempo jugando a eso.

Pero la misión hablaba de cuatro objetivos varones. ¿Cómo diferenciarlos desde aquella altura? Me dije que debía aprender. Sobrevolé de nuevo aquel dibujo abstracto, reduciendo algo la velocidad, y distinguí varios tipos de manchas de color: unas gruesas, otras alargadas y otras más pequeñas. Por eliminación, las de los varones debían de ser las alargadas.

Hice una tercera pasada, reduciendo altura y velocidad. Calculé que a razón de cien balas por segundo, bastaba una brevísima pulsación para derribar aquellas manchas. Pulsé una, dos, tres, cuatro veces, mientras cabeceaba levemente el avión para ajustar los blancos.

Todo era de un realismo asombroso. Tras la primera ráfaga, vi cómo una de las figuras alargadas caía al suelo. Supuse que con las otras tres ocurriría lo mismo.

Cuando tomé altura eché un vistazo rápido al indicador de proyectiles. Marcaba 156. Esta vez no había agotado la munición.

«End mission», anunció un cartel. Un vector indicaba el camino de regreso. Aterricé suave en la pista y me dirigí al hangar que tenía la puerta abierta. Había tres más con el portillo cerrado. Costaba hacerse a la idea de que aquello no tendría más de tres metros de ancho por metro y medio de alto.

Al cerrarse la puerta del hangar, la pantalla se volvió negra. Luego, desaparecieron los paneles de control de la nave. La Fábrica me dio las gracias por aquella misión realizada con éxito.

Tardé unos segundos en darme cuenta de que aquello había acabado. En la esquina superior derecha, el reloj marcaba las 07:41. Me asombró que apenas hubiese durado cuarenta minutos, y me sentí agotado, consciente de que esa noche había dormido poco y mal. ¿Qué iba a hacer solo por casa levantado a esas horas? Me metí en la cama y dormí como un bebé.

A eso de las doce sonaron los golpes de unos nudillos en la puerta. Era mi madre: Sebastian, ¿estás bien?

Todo se dispuso para que la ceremonia se realizara a la puesta de sol de ese mismo día.

Los seis miembros del Consejo de Ancianos pasaron el día visitando a las familias, una vez que estas acabaron de preparar a sus difuntos, turnándose en el recitado de algunos fragmentos del Libro Sagrado.

Exceptuando a los ancianos de edad avanzada, a las mujeres encinta y a los niños de pecho, la aldea entera se reunió en el cementerio. Incluso los chiquillos más pequeños se mantuvieron circunspectos y serios, a la altura de la dramática escena.

Las tres tumbas de los hombres se cavaron muy próximas; la cuarta, la de una mujer, estaba en un lugar algo separado.

Tras depositar los cuerpos en las someras fosas, se leyeron versículos del Corán y se solicitó piedad para los muertos, para sus antepasados y para sus descendientes. Se recitó por siete veces el Alah Akbar ritual, y se devolvió a la tierra lo que había salido de ella, dejando para el final las piedras, que se dispusieron formando pequeños túmulos.

Sobre el de la mujer, a la altura de su vientre, su marido depositó una piedra limpia y plana.

No hubo llantos histéricos ni gritos de venganza o rabia. Todo se aplazó para los tres siguientes días de luto.

La comitiva, en silencio, volvió a la aldea mientras el sol acababa de ponerse. Comenzaba el periodo del magreb, de la oscuridad.

Hazrat Banaras regresó pensando que sus peores pronósticos habían acabado por cumplirse. Cojeaba como si su pierna guardara memoria reciente del balazo que había recibido cuarenta años atrás.

DIECISÉIS

A veces pienso que este mundo se ha vuelto loco. Hoy viernes tomé el tren de cercanías para ir al centro, donde quedé con Patricia. Una mujer joven y guapa, que no debía de tener más de treinta años, viajaba con un cochecito y sus cuatro hijos. El mayor debía tener ocho y en un momento dijo que quería hacer pis. Su madre comenzó a insultarle y a darle cachetes en la cabeza, gritando al mismo tiempo a dos niñas que no podían estar quietas y sacudiendo con violencia a un bebé que lloraba entre sus brazos. No eran palabras más o menos normales, de enfado momentáneo de una madre, sino mucho más gruesas, el tipo de tacos que dicen los borrachos o la gente de mala calaña. El niño logró escaparse de los golpes, se escabulló entre las piernas de los pasajeros, abrió la puerta que comunica un tren con otro y meó en el espacio entre los vagones. Al volver, dijo a su madre: Mamá, ¿ves como no hay peligro? De pronto, la madre, toda ternura, le abrazó y besó, repartiendo carantoñas entre sus demás hijos. Como si no hubiera sucedido nada, el niño sacó del bolsón de su madre una Play Station y se entretuvo jugando con ella el resto del tiempo. Me bajé antes que ellos, así que no sé cómo acabó su viaje.

Aquello me hizo pensar. Ese niño, ¿cómo diferencia el mundo real del otro que vive en su pantalla? Su madre lo humilla y golpea en público, y a saber qué otras cosas tiene que vivir en su casa. Quizá ese juego, sea el que sea, le consuela y le lleva a soportar la dureza de la vida. Pero habrá que verle con dieciocho años, con veintiocho. Después de todo, yo he tenido suerte. Mi padre era un embustero y mi madre ha nacido para ser víctima, pero no puedo decir que me hayan tratado mal.

Me horroriza pensar en tener hijos algún día. La gente debería pasar un test para poder tomar una decisión tan importante como tener hijos.

Lo mismo ocurre con otras locuras. En un bar en el que algunas veces he entrado con mis amigos hay un cartel en el espejo tras la barra que dice: «No se cambian billetes de 200 y 500 euros». Más de una vez he visto cómo algún gracioso, sin duda copiando a otros, ha pedido al camarero mientras le tendía un billete de cinco: ¿Me cambias este billete de 500? Más allá de la broma, mis amigos y yo hemos pensado: ¿Será verdad que haya gente en Vallekas que va a un bar de mala muerte, cuyo suelo está lleno de cabezas de gambas y huesos de aceituna, a cambiar billetes de 500 euros o a pagar con uno de ellos? Mi madre, deslomándose veintidós días al mes, un montón de horas al día, apenas gana ese dinero, y apostaría mi cuello a que nunca ha visto un billete de esos.

Cuento esto porque de eso hablé con Patricia mientras paseábamos. Yo sí he visto billetes de 500 euros, y unos cuantos, no sé si seis o doce, porque no tuve tiempo de contarlos y, desde luego, no eran míos.

Sucedió hace unos meses, en verano, en la calle donde está la Asamblea. Acompañaba a un par de colegas de clase a comprar un rollo de libro en una librería que hay cerca, Muga o algo así, creo que se llama, y uno de ellos se encontró con su hermano y sus amigos. Tenían un coche impresionante aparcado en doble fila, a pesar de que había mucho sitio de aparcamiento un poco más atrás, y las puertas abiertas del coche dejaban escapar música bacaladera a todo volumen. No sé cómo los vecinos no se quejaban y no llamaban a la policía.

A mí esos chicos no me gustaron, no sé por qué. Hablaron un rato y uno de ellos, mientras buscaba en el bolsillo de su camisa un paquete de tabaco, no sé si por descuido o por fardar, sacó unos cuantos billetes de 500. ¿Habéis visto esto alguna vez, tíos?, nos preguntó.

No recuerdo qué más pasó. Esos papeles violetas no me impresionaron mucho. Lo que me llamó la atención fue que un chico que no debía tener más de diecinueve años los llevara en el bolsillo como si tal cosa. Y luego estaba el coche, reluciente, y esos altavoces que debían de costar una pasta. ¿De dónde habría sacado ese dinero? No creo que se lo hubieran dado sus padres, que a lo mejor trabajaban en la construcción, o como mucho en una oficina; tal vez la madre limpiando casas.

Recordando esto con Patricia sentí una cierta vergüenza, como cuando vi al niño jugando con la Play. Ni se me ocurre decirle que yo tengo cierta pasta en el banco, pero también noto cierta suciedad al recordar cómo la gano.

En un momento de nuestra conversación le dije a Patricia: Yo creo que para tener dinero es necesaria cierta cultura.

¿Ah, sí?, respondió ella. ¿Quieres decir que solo las personas cultas pueden hacer dinero? Es lo más retrógrado que he oído nunca.

No, no, le aclaré. Quiero decir que si la gente que no tiene cultura se encuentra de repente con un montón de dinero en las manos, puede hacer las mayores idioteces.

Comprar droga y cosas así, quieres decir. Cosas que hace la gente inculta, según tú. Patricia lo decía con sorna.

¡Que no...!, le repliqué un poco enfadado. Das la vuelta a mis argumentos. Lo que quiero decir es que la cultura debe de ser lo primero. Así, la gente no hará estupideces ni con dinero ni sin él.

Vale, muy bien, pero como la gente no siempre tiene cultura, eso significa que... un buen electricista, por ejemplo, no puede ganar más de... ¿Cuánto dinero como mucho le pagarías tú a un buen electricista?

Le gusta discutir.

Patricia no es lo que se dice una chica guapa, aunque ni mucho menos fea. No es muy alta y resulta un poco gordita para la moda actual, pero se puede hablar con ella y da ideas en las que pensar. Ha leído mucho, eso se le nota por la manera de hablar.

Hablamos de autores de libros. Ella no tenía ni idea de gente como Eisner, Satrapi, Gibbons, Sacco, Roca o Crumb.

Bueno, a cambio yo no he leído a otros que ella menciona.

Cada vez llego un poco más tarde a casa. Pienso que si cada semana araño cinco minutos, en poco tiempo mi madre los fines de semana ya no podrá esperarme despierta.

Ayer sábado mi madre me entregó una carta del banco. La abrí como siempre, seguro de que era un ingreso de 100 euros.

Me quedé pasmado. ¡Eran 300!

Imagino que será por el madrugón de la semana pasada.

Y lo mejor de todo ha ocurrido hoy, esta noche. Tenía un correo de Catarina:

El equipo de mi empresa está muy satisfecho de tu trabajo. A lo mejor te gusta saber que te han calificado en el grupo A+.

El próximo martes a las 23.00, hora tuya, tienes encuentro con Chandra. Aceptas? Responde pronto.

Dije que sí, evidentemente.

A veces, me gustaría poder contárselo a mi madre. ¿Llegará el día en que pueda hablar de estas cosas con Patricia?

DIECISIETE

Chandra es muy bueno. Magnífico.

Ese martes no podía quitarme de la cabeza el combate con él. Sé que ando sobrado con el curso, que lo aprobaré en junio, pero en los parciales siempre me quedo por debajo de lo que me gustaría, y no me apetece nada ir a las recuperaciones.

A las diez y media estaba en mi habitación. Había cenado y me había despedido de mi madre, pretextando que tenía mucho que estudiar.

Traté de concentrarme en el próximo juego. Recordé cuando mi padre me hacía estiramientos con los dedos. Los necesitaba ágiles, pero sobre todo debía tener la cabeza despejada. La vez anterior fue un duelo y me lo pusieron difícil: en terreno desconocido, sin apenas armas... Chandra debió de tomar su derrota como una cuestión personal, y es posible que se estuviera preparando para vencerme. ¿Dónde estará él?, me preguntaba.

A las once menos diez, me identifiqué y entré. La Fábrica me aceptó, pero la pantalla se mantuvo en negro. Permaneció así nueve minutos más.

Un minuto antes de las once, apareció una línea vertical blanca, que fue ensanchándose hasta ocupar la pantalla por completo. Entendí: se abría la puerta de un hangar, lo que veía ante mí era una pista de despegue abrasada por el sol y reconocí, en la parte inferior, el panel de control de un *drone*. No el Outrider en que había volado ya, sino otro distinto.

Encendí motores y salí del hangar. Entonces, otro avión apareció por mi izquierda. No conocía el modelo, pero supuse que el mío sería similar. Parecía que iba a ser un combate aéreo y recordé otros juegos con los que ya había practicado. Sin duda, el que estaba a mi lado era Chandra. Uno de los dos tenía que acabar con el otro. Pensé que él conocería bien aquel aparato. La Fábrica no me lo iba a poner fácil.

Él me adelantó en la pista y despegó pronto. Temí que intentara cazarme en tierra, mientras despegaba, pero pensé que era demasiado artero. Eso me hacía perder 100 euros, pero a él no le añadía mérito. Al avanzar me di cuenta de que algo parecía ir mal. Mi aparato ofrecía demasiada resistencia. Eché un vistazo al panel de instrumentos, frenos, motores, *flaps*... Vi entonces algo que me había pasado desapercibido, bajo el cartel *rockets:* cuatro líneas verdes. Entonces lo comprendí: bajo las alas, el avión llevaba otros tantos cohetes, además de la munición usual, 900 balas. Volaría sobrecargado durante parte del vuelo.

Mi cerebro funciona demasiado rápido en esos casos. Pero hasta entonces no caí en que ni Chandra ni yo nos habíamos saludado ni me habían comunicado el propósito de la misión. Por otro lado, y recordando su avión, él no llevaba cohetes, y yo sí. ¿Me concedían a mí esa ventaja? ¿O no era una ventaja? El combate aéreo entre un bombardero y un caza siempre acaba con la victoria de este. Es casi una ley física.

Logré despegar, forzando motores. El avión de Chandra no era visible y, por lo que observaba en el panel, no había un radar que pudiera detectarlo, lo que significaba que podía estar a cola y dispararme una ráfaga en cualquier momento, o aparecer a mi izquierda o derecha con igual resultado. ¡No me gustaba aquello! Y maldije a La Fábrica porque me hubieran colocado en una situación tan desfavorable. ¡Eso no valía! A punto estuve de rendirme, dar media vuelta y aterrizar de nuevo.

Entonces, el panel de instrucciones se iluminó. Descifré del inglés: Él marca los blancos. Tú destruyes los objetivos.

¡Ah, eso era!, me dije. Más sencillo de lo que había supuesto…

Chandra cruzó en mi visor a una velocidad endiablada. Se supone que yo debía seguirle, y vaya si lo hice. En una décima de segundo maniobré y apuré los motores al máximo mientras le buscaba, pero no estaba en mi campo de visión. Un punto verde se encendió en la parte superior y comprendí que hacia allá debía dirigirme, así que inicié un *loop*…

Todo pareció vibrar mientras el altímetro ofrecía números cada vez mayores. Como he dicho, no conocía aquel modelo de avión, pero entendí que estaba fabricado para planear, no para hacer acrobacias. De pronto, mientras el indicador de potencia se colocaba en rojo, el aparato pareció sufrir una deceleración, los controles se apagaron y el visor comenzó a alternar entre el azul y el marrón. ¡Había entrado en barrena y caía al suelo como una piedra! Pulsé el botón de encendido… y nada.

Si eso era lo que querían, me dije, pues bien. Que el avión se estrelle. Realmente, yo estaba en mi habitación y mi madre se estaría desnudando para meterse en la cama. No pasaba nada, no había peligro. Me dejaría matar sin riesgos. Una vez estrellado, La Fábrica me comunicaría algo, yo apagaría el ordenador y me iría a dormir. Ni siquiera me habían dado ocasión de familiarizarme con aquella máquina, así que pensé: ¡que les zurzan!

No sé cuánto tiempo transcurrió. Un segundo o dos, pero quizá fueron diez. De la pantalla casi negra procedía un pitido de alerta, cada vez más frecuente. Quizá avisaba de la distancia al suelo, pero yo estaba a ciegas.

De pronto me coloqué *fuera* del avión y me vi caer. No tenía idea de si me faltaban 100 pies para tocar tierra o si eran 2000. Pero supe qué había que hacer. Manipulé, alternándolos, los *flaps* delantero e izquierdo, a la vez que el timón de cola, intentando variar el ángulo de caída. Me dolían los dedos del esfuerzo y noté cómo la pantalla parecía vibrar. De pronto, lo que en el visor había sido un fondo marrón fue ocupado por una banda azul, al comienzo solo una línea. ¡El avión se estabilizaba! Seguí intentándolo y, cuando la banda azulada ocupaba parte de la pantalla, encendí motores. ¡Y el panel de control volvió a iluminarse!

Sudaba, pero durante unos minutos disfruté de un vuelo placentero, tratando de habituarme a las posibilidades de la máquina, sin olvidar que lo que tenía entre manos era más un pesado bombardero que un caza ligero. ¡Nada de piruetas o cabriolas! Sin embargo, el aparato era ágil.

Chandra volvió a cruzarse en mi campo visual y supe ahora cómo seguirle. Esta vez me resultó sencillo ponerme a su cola. Recibí un mensaje suyo: «Good! Follow me!» Le seguí. Vi en pantalla: «Target!» sin saber qué debía hacer, pero Chandra cabeceó sobre el suelo y marcó con un láser rojo un prisma de color marrón. Solo fue un destello, pero me incliné como él y disparé una breve ráfaga. De la mancha pareció salir una nube de humo.

Estaba claro el juego. Él marcaba, yo disparaba. Era endiabladamente rápido y reconocí su habilidad en marcar los objetivos, sin que errara en un solo caso. Y yo dominaba cada vez mejor mi avión, más maniobrable de lo que había supuesto. Al final, incluso resultaba sencillo; bastaba con tener los reflejos suficientes como para ver cuándo encendía el láser y para maniobrar a la par que él. En cuatro ocasiones, se supone que para destruir objetivos más grandes, el mensaje varió a «Rocket!». Y yo fui disparando uno a uno los cuatro cohetes, que por lo que vi dieron en el blanco.

Perdí la noción del tiempo. No sé si llevábamos jugando media hora o dos. El indicador de combustible estaba en un veinte por ciento, no tenía misiles y la munición estaba agotada: menos de cincuenta cartuchos. Aquello debía acabar de un momento a otro pero no sabía ni dónde ni a qué distancia estaba la pista de aterrizaje. Y, en efecto, pareció acabar. Chandra debió hacer un *loop* y se colocó a mi costado izquierdo. El realismo de los juegos, como os he dicho, resultaba hoy impresionante. Vi su casco y cómo giraba su cabeza hacia mí, cómo levantaba el pulgar de su mano derecha, felicitándome. Yo estuve a punto de hacer lo mismo, pero recordé que aquello no era real, y no solté los mandos de mi aparato.

Entonces ocurrió. Chandra giró su mano y su pulgar descendió hacia el suelo. Casi imaginé que sonreía malévolamente. Desapareció de mi pantalla hacia abajo y de los altavoces me llegaron ruidos, como de una ráfaga de ametralladora. El avión se descontroló y un mensaje apareció en pantalla: «Danger! Damages to wings!». ¡Me había disparado a traición!

Noté cómo ascendía mi adrenalina y durante un instante me propuse perseguirle y emplear con él la escasa munición que me quedaba. Viré, pero no había rastro de su aparato. Lo intenté de nuevo, persiguiéndole visualmente. Nada. Mi ira se solidificó ante la pantalla y mi objetivo durante un rato fue buscarle y darle caza. Pero era misión imposible. Pese a ir descargado, mi aparato era más pesado y menos maniobrable que el suyo. Seguramente, estaría a cola, con el pulsador de disparo a un milímetro de su pulgar. ¿Por qué no me disparaba y acababa? Yo estaba agotado, sudaba a mares y aquella maniobra de La Fábrica me había indignado. ¿Qué querían de mí?, me preguntaba mientras las luces rojas se encendían intermitentemente, avisándome de daños en las alas.

No podía dejarme vencer, me dije. Intentaría aterrizar el avión, al menos, lo que ya sería un triunfo, mi triunfo. Eso, si no me disparaba antes.

Bajé. Busqué un sitio para aterrizar. Bajo la panza de mi avión se veía un paisaje escarpado y rugoso, algo así como un campo volcánico erizado de rocas. Planeé minimizando el consumo de combustible y busqué a un lado y a otro. Nada. Cualquier intento de colocar ahí abajo el avión resultaba un suicidio, aunque fuera virtual.

Apareció un punto verde en la parte superior de la pantalla. Recordé a Chandra y de nuevo tuve la esperanza de encontrarle allí, con las ganas renovadas de intentar vaciar mi cargador sobre él. Pero allí no estaba Chandra. Tardé unos segundos en reconocerlo, y un poco más en tratar de saber qué querían de mí. Una auténtica locura.

Me acerqué. Un gigantesco helicóptero de carga volaba a poca distancia. Poco a poco, su parte trasera se abrió y un enorme portón fue bajando hasta colocarse en horizontal al suelo. El punto verde marcaba sin duda que se esperaba que yo me posase allí. Sonreí por la chaladura. Semanas antes me habían propuesto posar mi aparato sobre la caja de un camión, y otra vez en un portaaviones atestado, y lo había logrado… ¡Pero eso…!

Sonreí pensando que era en el fondo el tipo de cosas que me gustaba. No disfrutaba disparando, la verdad, y mucho menos peleando con espadas o fusiles láser o cualquier tipo de cosa que a corta distancia reventara los sesos de alguien. Era el desafío lo que me hacía disfrutar, y el reto tuvo el efecto de que mi adrenalina se disolviera en la sangre. Pensé. Pensé al tiempo que movía suavemente los controles de mi avión.

De nuevo me asombró el realismo de La Fábrica. Sufrí un efecto en el que no había pensado. Dejar que el avión planease, colocarse a la misma velocidad que el objeto perseguido, maniobrar hasta situarse a pocos centímetros de él y apagar de pronto motores es algo que yo había hecho. Pero no contaba con que las aspas del helicóptero producían una poderosa corriente de aire que me empujaba hacia abajo y creaba turbulencias alrededor del aparato. La primera vez que me aproximé por la cola, mi avión osciló como un papel barrido por un ventilador y me costó recuperar el control. Lo intenté una segunda vez y sufrí el mismo efecto. Lo intenté una tercera procurando contrarrestar con más potencia el viento que sacudía el aparato... El indicador de combustible estaba al diez por ciento, ya en la zona naranja, y debajo de mí seguía extendiéndose el paisaje erizado de piedras sobre el que era imposible posarse.

Entonces lo vi claro. La única forma de minimizar el viento era colocarme en vertical, ofreciendo la mínima resistencia. Quedaba la duda de si el portón era lo bastante alto como para acogerme, pero no había otra posibilidad. Después de todo, trataba de recordar, aunque chocara con aquella bestia metálica yo seguiría en mi habitación.

Me situé a su cola. Maniobré hasta que el indicador de horizonte viró hasta los 90 grados. Fui acercándome despacio. El viento de las aspas producía una vibración en mi aparato, pero mantuve el control. Calculé que faltaban aún cinco metros. Cinco metros de pánico. Fui avanzando. Y noté cómo, al colocarme bajo la panza de aquella bestia de acero, las corrientes de aire reducían su turbulencia. Aceleré, maniobré hasta buscar la horizontalidad, volví a acelerar, apagué motores... En menos de un segundo, el avión estaba posado sobre la plataforma.

Entonces, mis dedos se aflojaron sobre los mandos.

Contemplé cómo los visores del panel de control fueron apagándose, uno por uno. Respiré profundo. Tenía la camiseta empapada en sudor y me sentía agotado.

El reloj marcaba *solo* las doce y diez. Nunca, ningún juego, me había costado tanto.

Chandra es muy bueno. Magnífico, aunque sea un trapacero.

Pero, de momento, yo soy mejor.

DIECIOCHO

En la vida no hay segundas oportunidades. A veces parece que sí, como cuando un profesor te dice: Vale, has suspendido pero preséntate a recuperación y hazlo de nuevo. Parece que va a ser lo mismo que en el primer examen, pero no lo es. Ya estás marcado, y cada marca pesa.

Yo no podía cambiar a mi padre, no podía hacer que mi madre fuese de otra manera ni impedir lo que ocurrió con mi hermana. Pero recuerdo que cuando comencé a jugar, hace mucho, podía empezar de cero todas las veces que quería. Cometía errores y me mataban a cada paso, pero el juego no tenía en cuenta mis faltas o mi historial. La máquina ni siquiera me perdonaba si lo hacía mal. Simplemente, dejaba que lo intentara hacer mejor la segunda vez, la tercera… hasta que aprendía.

Quizá por eso la gente se enganche a los videojuegos, como ese niño del tren. Delante de una pantalla no tiene nada que temer. Incluso si se cae entre las vías mientras mea, puede intentarlo de nuevo, que su madre virtual no se enfadará. Lo malo para él será la vida real: haga lo que haga, puede recibir un cachete en el momento menos pensado.

Esa noche de martes, estaba tan impresionado por el videojuego que sufrí una pesadilla. Chandra alzaba la visera de su casco mientras levantaba su pulgar. Al descubrir su rostro, era mi padre el que giraba su mano, condenándome. Luego, mi padre me disparó y me derribó. Desperté sobresaltado y ya no pude dormir. Pensé en escribir a Catarina pidiéndole repetir la misión, pero ¿qué habría podido ser distinto? ¿Dispararía yo sobre Chandra poco antes de que él lo hiciera? Después de todo, caí en la cuenta de que solo había agujereado mis alas, cuando podría haberme derribado. ¿Por qué no lo hizo? Más allá de que yo acertase en los blancos que él marcaba, la prueba debía de ser llevar mi avión hasta el helicóptero. Pero eso, ¿para qué servía? ¿Para demostrar que soy nivel A+? ¿Hasta dónde debería llegar para pasar al nivel A++? ¿Quién o qué imagina esas misiones? ¿Cómo seguirá ese juego y de qué argumento más grande forma parte?

Malditas las ganas que tenía de ir al día siguiente al instituto. Si fui a clase, fue por no correr el riesgo de disgustar a mi madre. Ahora que las comunicaciones de las faltas se hacen automáticamente, por mail o por SMS, no es fácil escabullirse. Sí, mi madre tiene móvil y yo nunca pensé que llegaría a utilizarlo, pero se las apaña bien con los mensajes.

La vida real es desconcertante. No podía quitarme de la cabeza que la víspera había conseguido aterrizar mi *drone* en un helicóptero, algo que quizá nadie hubiera hecho jamás. Y mis compañeros, ¿qué habían logrado esa noche? ¿Y los profesores, con sus títulos, sus sueldos y sus jefaturas de departamento? Confieso que me sentía por encima de todos, pero sobre todo no dejaba de preguntarme: ¿Qué es lo real? ¿Ser piloto de *drone* es *ser algo* en la vida? Patricia me diría que mientras leemos un libro estamos dentro de él, compartimos la vida con los protagonistas y sufrimos o disfrutamos de sus aventuras, pero un videojuego no es lo mismo. Uno es el protagonista. Esa diferencia parece inocente, pero tiene su peligro. ¿Puedo creerme piloto de aviación, alienígena o submarinista, soldado de una legión romana o teniente nazi? ¿Puedo creerme un asesino o el salvador del mundo?

La víspera, yo había logrado colocar mi avión en un helicóptero. Aquello había sido *real*. Había sudado mucho para conseguirlo.

Creo que estaba en la clase de Matemáticas cuando una idea comenzó a tomar cuerpo en mi cabeza. Tenía que ver con mi padre.

Mi padre…

North y Oates se citaron en el apartamento de él. Habían intentado hablar en varias ocasiones en el cuartel, pero los asuntos rutinarios y las interrupciones impedían una charla continuada.

El hombre sacó de la nevera unas Coronitas casi heladas unas rodajas de limón guardadas en una bolsita hermética.

¡Estás loco!, dijo la sargento para abrir la conversación mientras se arrellanaba en el sofá.

Vale, eso me lo has dicho antes, pero has visto el vídeo y tienes los datos; te dije que era bueno y que podíamos confiar en él, replicó el hombre mientras introducía una de las rodajas de limón en la botella.

Si hubiera sido de otro modo, tú estarías ahora en el calabozo y yo tendría sobre mi cabeza a algún oficial a punto de freírme los ovarios, así que no tiene puñetera gracia.

Mira, Bulldog, a veces hay que jugársela, y no puedes acusarme de que fuera de farol; tenía cuatro reyes y eso merecía una buena apuesta.

North hizo una pausa mientras daba un sorbo de su botella y siguió: ¿O es que me reprochas haber ganado?

La sargento Oates se levantó del sillón con su botella en la mano. Estaba sinceramente enfadada, aunque lejos del ataque de ira que sufrió al enterarse de que Mosquito había utilizado un prototipo real en lugar de los simuladores. Repitió un argumento dado horas antes:

Joder, ¿es que no te enteras todavía? ¡Has puesto en riesgo una máquina de trece millones de dólares!

Pero North extendió ahora con más calma los argumentos de la mañana:

Ponemos mil trescientos pájaros en riesgo todos los días, y la estadística habla de una pérdida de dos al mes, por averías varias, errores de pilotos o ataques enemigos, como ocurrió hace poco. ¿Nos van a hacer responsables por ello? Sabes que no; que incluso estamos muy por debajo de la tolerancia del uno por ciento de pérdidas que se estimó cuando comenzamos las operaciones. Y además puedes mirarlo de otra manera: hemos salvado muchas veces trece millones de dólares al demostrar que un pájaro puede meterse en el culo de un Chinook o de cualquier otro gran helicóptero de carga. Es posible que en el futuro haya que desarrollar plataformas de aterrizaje volantes o qué sé yo, y ese vídeo y nuestro informe demostrarán que hay mucho por hacer.

La mujer estaba secretamente de acuerdo con North, pero también decidida a tener en lo sucesivo el control absoluto de las operaciones. Conocía demasiado bien a Mosquito como para saber que ese hombre siempre estaba a punto de jugar con fuego. Argumentó:

Mira, Martin, te lo voy a decir muy claro para que me entiendas de una vez: que estemos de acuerdo en ciertas cosas no te da libertad para hacer lo que te venga en gana. Aquí, la jefa de las operaciones soy yo, ¿me entiendes?, y no quiero sorpresas. A lo mejor tengo que recordarte que por encima de nosotros hay mucha gente que no está de acuerdo con este programa, y que esperan un fallo para mandarnos a todos a la mierda. ¿Se puede saber por qué dejaste el avión sin control al comienzo de la misión? Son tus temeridades las que me sacan de quicio.

North se irguió en el sillón y dio un sorbo antes de seguir:

No había riesgo; ese prototipo es más avanzado de lo que crees. Si hubiera descendido quinientos pies más, habría entrado en funcionamiento el control autónomo de vuelo; el chico no ha hecho más que resolver un problema relacionado con situaciones de emergencia y alguien debía probarlo antes. Ya sabes que forma parte de los protocolos para casos extremos, desde un desmayo del controlador a una pérdida de comunicaciones.

Sí, como lo de dispararle... ¿Qué necesidad había de eso?

El cabo agitó la botella medio vacía, formando una capa de espuma y dijo entre risas:

¡Eso fue una broma, mujer! Una venganza personal contra el chico, pero también una forma de probarlo en situaciones de estrés. Además, tenía ganas de saber si pueden mezclarse imágenes de síntesis con otras reales, y ya has visto que sí.

Esta vez, la sargento Oates gritó:

¡Eso es lo que te estoy diciendo! Para ti, todo es un juego o una broma, y no quiero que se repita. Si tengo que enviar un vídeo, no quiero que me frían a preguntas y tener que aclarar que tengo un cabo que se dedica a hacer el imbécil. ¡Es la última vez! ¿Te queda claro?

Sí, jefa, vale. Queda claro.

La sargento Oates contempló al cabo North y se preguntó si sería prudente mantenerlo en su puesto. Lo necesitaba para pulir los informes que enviaría una semana más tarde al Mando Central del DAW, pero estaba dispuesta a quitárselo de encima si seguía dando problemas. Dijo:

Espero que sea así.

DIECINUEVE

Bueno!!! La prueba del otro día resultó un éxito. Chandra te pide disculpas por sus disparos pero sabía que lo conseguirías. Quieres probar una secuencia que ocupará poco tiempo? Jueves, 23.00, hora tuya.

Un par de tardes a la semana, Patricia va a visitar a su abuela, que vive sola en una calle del centro, por Goya. Me cuenta detalles de lo que hace con ella esas tardes y es capaz de hablar de su familia con naturalidad. Tiene dos hermanos y ella es la pequeña. Cuando empieza a hablarme de sus padres, abuelos y tíos, yo suelo desear que cambie pronto de tema e incluso introduzco en su charla alguna pregunta que no viene al caso, como ¿cuál fue el primer viaje largo que recuerdas?, o ¿has hecho alguna vez alpinismo? Debo parecerle idiota, pero es que no me apetece nada la obligación recíproca: tener que hablar de mi familia.

De mí sabe lo mínimo. Que vivo con mi madre, que mi padre anda por ahí y que mi hermana murió. No es que ella haga preguntas indiscretas ni nada de eso, pero es inevitable que a veces se roce el tema. Ayer, cuando volvíamos del instituto, me preguntó: ¿Y cómo lleva tu madre lo de la muerte de tu hermana?

Te puedes imaginar, le respondí. Y cambié de página.

No tengo ni idea de qué siente mi madre en relación con el asunto. Nunca se lo he preguntado. Tampoco sé lo que piensa de mi padre, ni de mí. En ese sentido, mi madre es una extraña. Puedo hablar de sus horarios, de sus comidas, de sus amigas, del pueblo en que nació, de cómo tiene decorada su habitación y de sus manías. Puedo imaginar sus miedos, y en particular su terror a perderme. Pero desde que murió mi hermana ni mis padres ni yo hemos vuelto a hablar de lo ocurrido, cuando quizá sea lo más importante en nuestras vidas, o por lo menos lo más doloroso.

¿Qué siente mi madre sobre la muerte de mi hermana?

¿Qué siente en relación con la huida de mi padre y sobre que él viva con otra mujer y que por fin haya dejado la bebida?

¿Qué siente al pensar que me voy haciendo mayor y al imaginar que un día me iré de casa?

Uno puede estar viviendo años con una persona a la que quiere y no saber nada de ella. Nada profundo, quiero decir.

Ya dije que de vez en cuando voy a la biblioteca. De pronto me acordé de que hoy vencía el plazo para devolver los libros de Sacco. Puedo sacar tres libros cada vez, y procuro que sean del mismo autor o por lo menos del mismo tema, pero siempre cómics y novelas gráficas, porque no me apetecen nada los libros rollos que todo lo resuelven con letras y más letras. Saqué otros tres de comiqueros japoneses, aunque no *mangas,* que a excepción de *Akira* me parecen todos iguales.

Al entregar los libros debió de saltar algún chivato en el ordenador porque el chico que me los sellaba me dijo: La directora de la biblioteca quiere preguntarte algo; pide que cuando tengas un rato pases a hablar con ella. ¿Para qué?, quise saber. No lo sé, me dijo. Como vi que me entregaba los libros sin problema, respondí: Hoy no puedo, tengo prisa; a lo mejor otro día. Vale, como quieras.

Cierto que tenía prisa. Era jueves. Quería ir a casa cuanto antes, hacer deberes y prepararme para el encuentro de la noche. Pero sobre todo no me apetecía que esa mujer tratara de comerme el coco con nada. Aunque me dejó intrigado, lo reconozco.

Ha ocurrido algo curioso en relación con el dinero. Ya conté que en la penúltima misión me triplicaron la paga, lo que debió coincidir con el paso al nivel A+. La verdad es que cuando al principio me dijeron que me iban a pagar 100 euros por ganar, aquello me pareció un regalo caído del cielo, que no esperaba y me sigue pareciendo demasiado en comparación con lo que gana mi madre. Pero desde el último combate con Chandra no dejo de pensar si me darán 100 o 300 euros, y si serán 300 a partir de ahora cada vez que compito. El dinero se ha debido inventar para atarnos. No me extraña que la gente no quiera renunciar a algunos trabajos si gana cierta pasta. Cuando Catarina me ofreció la nueva misión, me sentí contaminado por algo parecido a la codicia: ¿Me pagarán 300...? ¿Si algún día llego al nivel A++, serán 500, por ejemplo...?

Mientras cenaba con mi madre, con todos los elementos de siempre (su queja sobre el trabajo, su deseo de que coma mucho porque estoy creciendo y tengo mucho desgaste estudiando, mis evasivas respuestas cuando pregunta qué tal las cosas en el instituto...), no dejaba de pensar qué sentiría en relación con los temas dolorosos de su vida. También me preguntaba qué pensaría en relación con el propósito que tengo acerca de mi padre, del que no le he comentado nada, por supuesto. Mi hermana se llamaba Lucía. ¿Cuántas veces hemos pronunciado su nombre en esta casa después de que muriera? ¿Una, dos...? No muchas más.

Aunque yo también tengo culpa, lo reconozco. No es solo de mis padres. También yo he evitado hablar de ella, preguntar por ella, por el temor de desatar en mis padres más penas de las que ya tenía cada uno de ellos. Y por mi propio dolor.

También, por ejemplo, en relación con Patricia, yo soy un impostor. Callo lo que puedo. Eludo lo que me hiere.

A las diez, después de ayudar a llenar el lavaplatos, quitar el mantel y todo eso, fui a mi habitación. Me sentía cansado y no tenía muchas ganas de competir esa noche. Además, lo ocurrido el último día con Chandra me paralizaba. ¿Debía atacarle en cuanto me encontrara con él? ¿Qué malas artes utilizaría esta vez?

El tiempo de espera se me hizo largo.

Por fin, a las once menos cinco, entré en La Fábrica. Esta vez, no tuve que esperar cuando introduje mi contraseña.

Estaba en el mismo aparato que utilicé el día anterior. Los depósitos de combustible se veían al máximo, pero el avión iba desarmado. Hice una lista de ventajas y desventajas:

mínimo peso, máxima maniobrabilidad, capacidad de ataque nula… Debía contar solo con mi habilidad para evadir cualquier peligro, del tipo que fuera.

Tardé en identificar lo que veía. Enmarcado en un borde oscuro, por el visor aparecía el suelo en movimiento, a algunos kilómetros de altura. Observé el altímetro: 5400 pies, aunque los motores estaban apagados. Por los altavoces llegaban ruidos de hélices en movimiento. ¿Qué era aquello…? De pronto lo comprendí: estaba a bordo del helicóptero en que me había posado la última vez. ¿Se esperaba que yo despegase desde allí? ¿Para ir dónde y con qué propósito?

Sin esperarlo, sonó algo parecido a un clac y el avión cabeceó. El borde oscuro desapareció y la imagen del suelo llenó toda la pantalla, girando alocadamente. En décimas de segundo comprendí que habían soltado algún amarre y que descendía en caída libre, como una piedra.

Me gustan las clases de Física. Estimé que desde esa altura tardaría unos dieciocho segundos en tocar el suelo, y que ese era el tiempo máximo disponible para hacerme con el control del aparato. Encendí motores y maniobré para tratar de buscar el azul en el visor. Yo sabía qué hacer y en qué secuencia, lo que no es fácil de explicar porque aquello se descomponía en decenas de movimientos imperceptibles. Mientras estaba con ello, no dejaba de pensar en que Chandra podría atacarme. Los números en el altímetro descendían rápido. Por fin, cuando indicaba los 300 pies, el avión pareció estabilizarse, aceleré y describí un arco por encima de la tierra, hacia el cielo. Tras esos dieciséis segundos, mis glándulas sudoríparas funcionaban a pleno rendimiento y la adrenalina recorría mi cuerpo.

Por fin me hice con el control del avión y me preparé para un vuelo más o menos rutinario, imaginando que no tardarían en darme la dirección donde aterrizar. Mientras observaba los controles trataba de discernir si por allí habría algún aparato enemigo...

Me sorprendió que los controles se apagasen y sentí vértigo, el mismo que puede sufrirse cuando se está a cierta altura y desaparece el suelo bajo los pies. Traté de sobreponerme y conseguí traducir el mensaje en letras enormes sobre la pantalla: «Critical time. Try again!».

La pantalla volvió a negro absoluto y segundos después me encontraba con el mismo escenario que al principio, a bordo del helicóptero.

En dos ocasiones más me subieron a la rampa. Por tres veces caí al vacío, elevando cada vez la altura, en la última ocasión a 900 pies. Cuando acabé las pruebas me sentía parte de una máquina, una pieza de un engranaje algo incomprensible. ¿Qué importancia tenía, en un futuro juego, que un avión se recuperase a 300 o a 900 pies de altura si el jugador no era capaz de conocer la compleja secuencia que permitía tomar el control? ¿No bastaba con modificar el altímetro virtual? ¿Hasta qué límite los juegos serán, en el futuro, tan reales como la realidad misma?

Acabé agotado. Apagué el ordenador, me eché vestido sobre la cama y me dormí.

La Jirga se había reunido para debatir una propuesta aprobada de antemano: repartir los 3000 dólares entre las familias de los cuatro asesinados días atrás. El resto del tiempo, en el que alguien reconoció que el presidente tenía razón, que atacar a aquel avión había sido un gesto imprudente, se perdió en lamentos por la mala situación que atravesaba el poblado. Con los cortes de carreteras, la cosecha se pudría en los almacenes, el comercio de animales era inexistente y apenas llegaban artículos para abastecer a las cada vez más exiguas tiendas que había en la aldea.

Queda una solución, dijo uno de los ancianos, que es volver a los cultivos de hace seis años; recordad que durante varias temporadas nuestro pueblo fue próspero…

¡Jayyam!, cortó con ira el presidente de la Jirga, ¡de eso hemos hablado ya! No volveremos a llenar nuestros campos de adormidera. Lo prohíbe la ley islámica y esas flores del diablo no traen más que desdichas.

Hazrat, le replicó con calma el viejo Rewub, es cierto que el consumo de opio es hadd, pero no su uso medicinal. Como dice el ijma…

¡No me importa el ijma!, dijo Hazrat poniéndose en pie. ¿Habéis olvidado tan pronto lo que ocurrió cuando los talibanes llegaron aquí, quemaron los cultivos y se llevaron a la familia de los Suffik? ¿Es que vuestra memoria se ha secado y consumido como un melón al sol? ¡No habrá opio en esta aldea mientras corra la sangre en mis venas!

Siéntate, Hazrat, dijo Rewub tratando de ser conciliador. Todos recordamos lo ocurrido, pero son otros tiempos. Por favor, siéntate…

¡No lo haré! Y no presidiré la Jirga si vuestra intención es debatir siquiera esa cuestión.

Sin embargo, Hazrat Banaras volvió a sentarse. Desde hacía una semana, el dolor de la pierna se le hacía insoportable.

Fue Rewub quien tomó de nuevo la palabra:

Hermanos, os decía que la ijma, el consenso, permite usar la resina con propósitos medicinales. Y, por tanto, admite también cultivar sus fuentes. No hay hadd, no hay pecado por el simple hecho de plantar un campo con adormidera, como no lo hay por fundir el hierro, aunque ese hierro pueda acabar siendo utilizado por una mano criminal.

Los presentes estuvieron de acuerdo con el argumento. Rewub siguió:

Los Suffik, todos lo sabemos, comerciaban con los contrabandistas; sin embargo, mi hijo me dice que en la aldea en que vive la resina es comprada legalmente por comerciantes, que la convertirán en medicinas.

¡Dilo claro!, gritó Hazrat. ¡Di claro y alto que en la aldea de tu hijo venden el opio a los extranjeros!

Extranjeros o no, argumentó Rewub, el propósito no es hadd. Y un kilo de resina es dos mil veces más caro que el kilo de los melones que se pudren en nuestras casas.

¿Quién asegura tal cosa?, replicó enérgico Hazrat. ¿Alguno de vosotros sabe el camino que sigue una siquiera de esas flores? Desde que los extranjeros vinieron aquí, el cultivo de adormidera se ha multiplicado por diez, trayendo la corrupción y la muerte a nuestras calles. ¿Acaso no sabéis que ese tráfico de opio ha podrido y destruido a nuestro gobierno? ¿Es que no habéis visto a nuestros jóvenes muriendo en las plazas y en las calles, con la sangre llena de esa inmundicia? Vosotros, cuyas cabezas pueden presumir de canas, ¿habíais visto algo de eso antes de que llegaran los extranjeros?

Los presentes estuvieron de acuerdo con Hazrat.

Parecía acabada la reunión, aunque fue Jayyam quien volvió a argumentar:

Pero no podemos permitir que nuestros hijos mueran de hambre; somos el gobierno de esta aldea y nuestra obligación...

Hazrat Banaras, sin pronunciar palabra, se alzó con ayuda de su bastón.

Todos callaron hasta que salió.

VEINTE

Lo que sé de mi padre desde que se fue de casa cabría en una tarjeta postal. Incluso no estoy seguro de si lo que creo saber es cierto. Cuando se separaron, mi madre fue a una empresa en la que decía haber trabajado diez años. No le conocían. Jamás estuvo allí.

A pesar de todo, nos quiso y nos cuidó a su manera. Tenía una forma peculiar de encarar la realidad. De niño me hacía gracia que me levantara de la cama diciéndome: Verás qué nevada ha caído. Ni que decir tiene que no había rastro de nieve. Cuando fui algo mayor me engatusaba con juegos de cartas, y luego con trampantojos científicos. Él se reía con todo eso, disfrutaba como un niño. Supongo que no pudo con el mundo real, sobre todo a la muerte de Lucía. La bebida fue una forma de disfrazarlo. El mundo se debe de ver de otra manera a través del cristal de una botella.

Sabía aproximadamente dónde vivía. Supuse que no trabajaba los sábados, y le busqué el sábado preguntando acá y allá.

Cuando le llamé por el portero automático, preguntó incrédulo: ¿Sebastian? ¿Qué Sebastian? Me invitó a subir, aunque preferí la calle.

Pasamos rápido de las preguntas y frases corteses: qué tal estás, qué alto te veo, ha pasado algo, y cosas así. Le pedí que fuéramos al parque. Estaba tan nervioso que no hacía más que meterse las manos en los bolsillos, como buscando desesperadamente un chisme con que distraerme.

Había imaginado un montón de preguntas, pero mientras caminábamos todo me pareció confuso. ¿Tenía derecho a romper el cascarón en que se había protegido esos años? ¿Era necesario añadir sufrimiento o inquietud a su vida, ahora que parecía haberla pacificado? Le vi más viejo que la última vez, algo más encorvado, quizá más cansado de la vida.

Nos sentamos en el primer banco a la entrada del parque y comencé: Hace mucho que no nos vemos y se me ocurrió venir a hablar contigo…

De pronto, ni sé cómo, comencé a hablar de algo que no había previsto: Verás… sabes que en el instituto pronto tendré que decidir qué voy a estudiar; pensé en hablar contigo a ver qué te parece…

Durante un tiempo hablé y hablé sobre las ventajas de estudiar tal o cual, justificándolo con dificultades, optativas, duraciones, apetencias y cosas así. Por un instante tuve la sensación de estar dentro de un juego en el que distraía a mi adversario para que confiase, pero aparté rápido esa imagen un poco obscena. ¡De verdad me apetecía que mi padre supiera de mis dudas! Y a medida que fui hablando vi que él dejaba de tentarse los bolsillos para escucharme con más atención.

Cuando acabé, él habló, y apenas recuerdo lo que me respondió. Seguramente cosas triviales, lo que yo diría en esos casos: que me lo pensara bien, que aún había tiempo, algo parecido. Luego me preguntó: ¿Qué tal mamá? Bien, le dije, ya sabes cómo es, sufriendo siempre, pero hace poco estuvo en el pueblo y vino contenta… Y le expliqué con detalle lo que había traído de allí, por dar conversación. Él sonreía a veces y al final me dijo: Uf, el pueblo; no sabes la cantidad de chismes y habladurías que corren; menos mal que no nos quedamos allí; ya eres mayor y haces bien en mantenerte a distancia, hijo, porque la envidia… Dejé que hablase.

¿Y a ti qué tal te va, tienes trabajo?, le pregunté cuando calló.

Psche, ya sabes que son malos tiempos para gente de mi edad; alguna chapuza aquí y allá, pero sobrevivimos. María Luisa tiene un trabajo fijo en el ayuntamiento y sus chicos ya no están en casa, de modo que no hay muchos gastos y podemos apañarnos, respondió.

¡Era la primera vez que oía el nombre de su pareja! ¡La primera que sabía algo de la vida de ambos!

Oye, papá, le dije, si alguna vez tienes problemas, me gustaría que me lo dijeras. Yo tengo, seguí, un trabajillo y algo de dinero ahorrado, que no necesito para nada; ya sabes que en casa tampoco hay muchos gastos.

Gracias, hijo, pero no será necesario, de verdad. Y puso su mano sobre mi rodilla. Y añadió: guárdalo para tu madre.

¿Por qué no la llamas algún día?, le pregunté sin pensármelo mucho.

No sé... No creo que tenga ganas de hablar conmigo; además, no sabría qué decirle, la verdad.

Lo pasasteis muy mal con lo de Lucía, ¿verdad? Yo estaba asombrado de cómo las palabras acudían a mis labios. Mi padre alzó la vista y nos quedamos mirando unos segundos, sorprendidos ambos. Confieso que fui yo quien no pudo aguantar su mirada. Le oí decir mientras fijaba mis ojos en las punteras de mis zapatillas:

Sí... No es lógico... Fue tan rápido... Yo siempre pensé que los médicos la salvarían. Ni siquiera cuando nos dijeron que murió me cabía en la cabeza, y siempre creí que nos la devolverían, que algún día volvería a casa, a su habitación. Para tu madre fue peor todavía, me parece, porque estuvo dentro de ella. Luego, durante mucho tiempo, me reprochó que yo había tenido la culpa por haberla llevado a ese hospital, que tendríamos que haber buscado otros médicos. Y por eso...

Calló. Alcé mi brazo y lo puse sobre sus hombros. Permanecimos un rato así. Unos niños que jugaban con un balón se nos quedaron mirando y sentí una inexplicable vergüenza. No estaba preparado para que mi padre se echase a llorar, y agradecí que no lo hiciese. Yo tampoco estaba preparado para llorar delante de él.

Le acompañé hasta su casa y quedamos en volver a vernos algún día. ¿Quieres subir?, me preguntó. Otro rato, le dije, tengo cosas que hacer.

Regresé a casa sin prisa, masticando lo ocurrido. No había sido como yo pensaba, pero era mucho más de lo que imaginé. Me dije que hablar con mi madre resultaría mucho más difícil, aunque también pensé que a lo mejor no; que uno y otra quizá necesitaban hablar, y me sentí culpable por mis estudios y mis videojuegos, por esa tensión continua por estar siempre fuera de la realidad.

Comí con mi madre. En algún momento estuve tentado de hacer alguna pregunta clave, algo que disolviera el tapón que atascaba nuestra comunicación, pero yo había tenido bastante por ese día. Traté de ser agradable y solo le conté que había conocido a una chica que *a lo mejor* me gustaba, una tal Patricia, con quien quedaría esa misma tarde.

Creo que se alegró. No hizo referencia a *esa,* pero en ocasiones mi madre es transparente; piensa que Patricia me alejará de *malas compañías.*

Sí, me cité con ella, y le pregunté si quería que, una hora más tarde, nos viéramos con Andrés y Marta, Helena y Abel. Los conoce de vista y no sé si estaba entusiasmada con el asunto, pero no puso pegas.

Durante el tiempo que estuvimos juntos hablamos de cosas de aquí y de allá, con mi sensación de ser un iceberg, de mostrar solo mi aspecto más social, mientras todo lo demás (mi trabajo, mis padres, Lucía, mis planes, mis pasiones…) permanecía oculto bajo la superficie.

Como si fuera culpable de algo.

Lo pasamos bien los seis.

ID: 80278720
To: Headquarters Division Advanced War (DAW), Washington, DC
Origin: F. W. Oates, E-9 DAW / M. J. North, E-4 DAW, Siracusa, NY
Title: About the use of civilians in military missions
CLASSIFIED
Report one/#3: New staff for new missions

En diez años, nuestras Fuerzas Aéreas han pasado de disponer de solo 50 a más de 7000 Unmanned Aereal Vehicles, conocidos como UAV o drones, que según nuestros Servicios de Inteligencia corresponden al 70% de los aparatos de este tipo existentes en el planeta.

Las FA cuentan con más de 1300 pilotos de drones repartidos en 13 bases de EEUU, y resulta urgente disponer de 300 más, calculándose que en dos años estas necesidades se doblarán. Actualmente, los entrenamientos de pilotos de UAV superan los adiestramientos de pilotos de aviones de combate tradicionales. (Véase, en los anexos, las comparativas de costes de entrenamiento de ambos tipos de pilotos. Anexo 1).

Peter A. vigila durante varios días un poblado insurgente. A 13 200 kilómetros de distancia, observa el movimiento de vehículos, la descarga de productos, lugares que pueden ser depósitos de armas. Ve a sus habitantes levantarse por la mañana, salir al trabajo y, al finalizar el día, irse a dormir. Observa a madres con niños, a padres con madres, a niños jugando al fútbol. Cuando se ha asegurado de que el sospechoso realiza actividades delictivas, recibe la orden de disparar, y lo hace cuando el objetivo está solo, sin poner en riesgo la vida de mujeres y niños. El éxito de estas operaciones es de aproximadamente el 80%, aunque en ocasiones se producen daños colaterales.

Andrew S. recibe con cierto tiempo de antelación el encargo de una misión de guerra. Hace despegar un avión o toma el control de un drone ya en vuelo. A miles de kilómetros de distancia, reconoce el terreno, esquiva los sistemas de detección —de haberlos—, localiza el blanco, generalmente móvil, destruye uno o varios objetivos y regresa a la base o coloca el UAV en ruta de aterrizaje automático. El éxito de estas operaciones por parte de un piloto cualificado es de un 90%, con daños colaterales tan pequeños que no deben ser tomados en consideración.

El perfil de estos pilotos es distinto. El primero de ellos requiere paciencia, conocimiento del terreno y una cierta perspicacia para analizar interacciones humanas. El segundo, una capacidad de reacción y un conocimiento profundo del aparato que va a pilotar, de su grado de maniobrabilidad, e iniciativa para sortear imprevistos.

En ambos, la formación y las características físicas distan de las de los pilotos de vuelo tradicionales.

Peter A. es arquitecto; de 9 a 3 presta sus servicios en las Fuerzas Aéreas; el resto del tiempo realiza de forma autónoma proyectos que tienen que ver con su profesión. Andrew S. es enfermero y ofrece eventualmente horas de su tiempo para realizar ciertas misiones. El primero recibe una remuneración fija mensual similar a la de un operario cualificado; el segundo obtiene una gratificación en función del tiempo dedicado y la dificultad de la misión.

Como se podrá observar en el anexo 2, estos costes son sustancialmente inferiores a los que supondría trasladar una escuadrilla de reconocimiento y acción rápida o un avión de combate desde una base próxima al objetivo. Los riesgos humanos para nuestras fuerzas son nulos.

A pesar de su retribución económica con cargo a las Fuerzas Aéreas, Peter A. y Andrew S. son, esencialmente, civiles. Ninguno ha recibido adiestramiento militar ni ha pisado un cuartel. Ambos son expertos en videojuegos en un sentido amplio.

Andrew S., aunque resulte asombroso, realiza su trabajo en casa.

VEINTIUNO

Lucía tenía casi tres años más que yo. Doce, cuando le ocurrió aquello. A veces me siento culpable por no tener más recuerdos suyos y hace tiempo, cuando mi madre no estaba en casa, entraba a su habitación y veía sobre la mesilla y las estanterías sus fotos: dos o tres de bebé; otra un poco mayor, en una piscina, con bañador; dos o tres de su primera comunión, vestida con un traje blanco, una de ellas conmigo de la mano; una más en un cumpleaños, soplando once velas... Me las aprendí de memoria. Mi madre guarda por ahí un álbum con fotos de la familia, pero no me he atrevido a buscarlo en su habitación.

No es fácil convertirse en el primogénito, primero, y después en el único chico de la familia. Mi padre me confesó algo estremecedor el otro día, y es que mi madre le culpaba de lo que pasó. Sí, mi madre es así, pero imagino que tiene que ver con la locura que a uno debe de ahogarle por no poder aceptar lo ocurrido. No tengo ni idea de si mi padre bebía o no antes, pero supongo que a partir de ese momento se aguzaron mis sentidos. No solo era que mi hermana había muerto y yo pudiera sentir su silencio, sino que sobre él se alzaban las discusiones de mis padres, sus reproches, el llanto de mi madre a medianoche, las pisadas en el salón a las tantas de la madrugada, la puerta que mi padre abría a veces a las dos, cuando creían que yo dormía.

Poco antes, como decía, había conseguido mi ordenador. Como mis padres no tenían idea de para qué servía aquello, y lo asociaban a mis clases de mecanografía, lo instalé sin discusiones en mi habitación. Lucía no estaba por entonces interesada en nada que tuviera que ver con la informática y los juegos; se estrenaba en eso de gustar a los niños de su clase y en sus discos de cantantes de moda. Así que mi ordenador fue durante muchas noches mi refugio. Cenaba y, a la vista de la taciturnidad que envolvía nuestras sobremesas, me iba a mi cuarto. Ni siquiera la televisión se encendía, o lo hacía pocas veces.

¡La de horas que habré pasado jugando, con los cascos puestos! Creo que si no hubiera sido por el ordenador me habría vuelto tarumba; quiero decir, más tarumba de lo que estoy. Era una forma de huir.

Luego, cuando mi padre se marchó, fue todo más sencillo. No quiero decir que no me doliera, y que no me preocupara por lo que nos iba a pasar. A veces se piensa que los niños no se enteran de nada, pero no es cierto. Recuerdo preguntándome de dónde íbamos a sacar dinero para vivir; si nos cortarían la luz, como a veces comentaban algunas vecinas en el mercado, en este barrio en el que es tan difícil llegar a fin de mes; me sentía culpable cuando mis zapatillas se rompían o cuando estrenaba libros a comienzo de curso, si veía que los pantalones largos me iban quedando por encima de los tobillos e incluso por merendar. Me convertí en un chico hiperresponsable y siempre pendiente de mi madre, una carga que ningún chico de mi edad debería asumir. Si algún día tengo hijos, que no creo, no me gustaría que pasasen por lo mismo que yo.

Pese a todo, decía que cuando se fue mi padre todo se tranquilizó. Mi madre ya no tenía más dolor que el suyo. Por casa comenzaron a aparecer algunas amigas, en visitas que yo agradecía porque me descargaban de la obligación de estar siempre con ella; y algunas pocas veces mi madre salía de casa, lo que para mí era una tranquilidad, aunque confieso que en aquellos tiempos me daba miedo que ella se echase otro marido. Sentía tanto odio hacia mi padre, hacia *los hombres*...

Supongo que las cosas que uno ha vivido le marcan para siempre. Patricia me gusta más o menos, y lo que siento cuando estoy con ella es que pueda defraudarla. Cuando mis amigos hablan de *las tías* y hacen referencia a que hacen o que harían con ellas tales y cuales cosas, imagino que eso tiene que ver con lo que han vivido con sus madres, con sus hermanas, digo yo... El peso de mi madre se proyecta hacia Patricia, lo que significa que soy un poco idiota.

Pero es que cuando veía a *los hombres* en los bares de mi barrio, o en sus terrazas, o sentados en los bancos fumando sin hacer nada, o gritando barbaridades a una chica que pasaba con minifalda o pantalones cortos... veía el rostro de mi padre y sentía vergüenza e ira. ¡Yo quería ser mayor! ¡Largarme de este barrio! ¡Dejar atrás las sombras de mi padre, de mi madre e incluso de mi hermana!

En algunos momentos, incluso, reproché mentalmente a la pobre Lucía que me hubiera dejado solo con aquella tostada.

Incluso llegué a envidiarla.

Me pagaron 300 euros por la dura sesión de hace unos días, la difícil, pero 200 por la última. Un pastón, pero confieso que me decepcionó el último pago. Es lo que decía sobre la trampa del dinero.

Patricia sigue escribiéndome correos como Dulcecorazón, me llama en ocasiones y quedamos de vez en cuando. Ya le he insinuado que por qué no busca un nombre menos cursi para sus correos; no le pega nada que salga con alguien a quien conocen como Assassin, aunque por supuesto yo no le he hablado de mi *nick*.

Estuve a punto de hacerlo anteayer, porque tuvimos una discusión. No es que le dijera: Ten cuidado, porque discutes con El Asesino, ni nada de eso. Pero se enfadó porque me reprocha que yo trate de pagar siempre. Ya hace tiempo habíamos tenido algún roce, cuando después de pagar unas entradas de cine no le cogía el dinero de la suya, o le invitaba a alguna consumición. Llegamos a un pacto: una vez tú, otra yo. Pero sin darme cuenta volví a romper el turno y ella se cabreó, argumentando que no se sentía libre si siempre pagaba yo las cuentas. Le dije algo así como que tengo *un poco* de pasta y que no me importaba pagar, pero fue entonces cuando se enfadó de verdad. A punto estuve de explicarle en qué trabajaba y cuánto ganaba, pero preferí no hacerlo; pensé que aquello no la calmaría, sino todo lo contrario.

Quien me ha escrito también es Catarina. Además de felicitarme, animarme y todo eso, me pide que esté libre el próximo viernes. Me fastidia, porque ese día había pensado en quedar con Patricia y tendré que darle alguna explicación insincera. Doscientos o trescientos euracos no están nada mal y no están los tiempos para desperdiciar estas oportunidades.

Desde que volvió del pueblo, mi madre está cambiada. Más jovial. Creo que en el fondo lo que a ella le gustaría es vivir allí, y a veces pienso que un día, cuando reúna suficiente dinero y pueda jubilarse, volverá a la casa que fue de sus padres, a pasear por las eras y por el río, disfrutando de la placidez de hermanos, primos, sobrinos... Y al pensar eso mi imaginación se dispara: me quedaré solo en la casa, quizá haya reunido suficiente dinero para irme a vivir a otro sitio; tal vez incluso pueda viajar al extranjero a estudiar o a trabajar.

¿No os ha pasado nunca que os gustaría durante un minuto mirar por un agujero y ver vuestro futuro, veinte años más tarde: cómo sois, dónde vivís, en compañía de quién, en qué trabajáis, quiénes son vuestros amigos, cómo es el espacio a vuestro alrededor...?

VEINTIDÓS

Helena rompió con Abel. Se veía venir estas últimas semanas. Ni mucho menos me alegro por ello pero creo que a él le vendrá bien. No sé qué les pasa a las chicas que son muy guapas, pero es como si quemasen el oxígeno a su alrededor. Helena es tan alta, está *tan buena* que parece bastarse por sí sola, como esas estatuas de diosas que se exhiben sin necesidad de tener la figura de un dios a su lado.

En cuanto a Abel, creo que le pone los pies en la tierra. Según cuenta Andrés, está destrozado, herido en su amor propio, pero se le pasará. Haría bien si eso le llevara a encogerse más sobre sí mismo, a dedicar un poco más de tiempo a sus estudios, a volver a soñar con la Física. Era el tío que mejor iba en clase, pero desde que estaba con Helena se conformaba con ir pasando, y no es que culpe a Helena por ello, sino a él: desde que estaban juntos, Abel paseaba de su mano como si hubiese cobrado una pieza de caza. Le escribí un correo de circunstancias, con un abrazo. No me ha respondido. Ahora, resulta curioso, será el impar en el grupo. Quién me lo iba a decir hace dos meses.

Dije a Patricia que el viernes no quedaba con ella porque tenía que echar una mano a mi madre en casa. Me da palo tener que mentir, aunque todavía no estoy preparado para confesarle lo de los juegos. Sé que es una chorrada pero temo que se burle de mí. Algún día tendré que aclararme en relación con ella. Me gusta y al tiempo siento que tengo que estar a una distancia preventiva, y no solo me refiero a que cuando la abrazo, mientras paseamos, ella trata de separarse. Es lo que decía hace unos días en relación con las familias: sus padres deben de haber fomentado que tenga opiniones y gustos independientes, que a veces sorprenden, cuando interpreta noticias políticas, por ejemplo.

A quien no tuve que dar explicaciones ese viernes fue a mi madre. Se celebraba la jubilación de una compañera de trabajo y quedó para ir a cenar, así que a partir de las ocho tuve la tarde para mí. Me habían citado algo más temprano, a las diez, y llevaba dos días comiéndome el tarro para explicarle que ese día quería estar en casa y cenar antes que de costumbre. A veces, maquinar no sirve de nada.

También me preguntaba: ¿por qué a las diez? ¿Sería una sesión larga? ¿Aparecería Chandra? ¿Sería un combate personal u otra prueba de habilidad? ¿Le ganaría teniendo en cuenta que cada vez me lo ponían más difícil? ¿Cuántos de estos retos tendré que superar hasta ser un A++?

Y, sobre todo, ¿merecía la pena? Ese día me duché antes de empezar el juego. Necesitaba relajarme.

Me identifiqué. Esperaba el panel de control de un *drone* y encontré algo totalmente distinto. Conocía el modo de trabajo de La Fábrica y traté de empaparme de la descripción del aparato y sus posibilidades en algo menos de un minuto. Era sorprendente. Los había visto de juguete en alguna revista y de inmediato pensé que causaría delirio en futuros juegos. ¡Esta vez habían acertado!

Se trataba de algo así como de un pentacóptero, un aparato de perfil más o menos plano, de forma algo elíptica, con cinco hélices embutidas en la estructura. Por la posición y proporción del piloto, que había sido dibujado en el centro del aparato, debía medir algo así como siete por cinco metros y había seis cámaras de vídeo repartidas por la estructura, y otros tantos visores de ametralladoras dispuestos en el frente y los laterales, más dos pequeños lanzagranadas, uno al frente y otro en la parte trasera. No es que me pirre por las armas. Prefiero los desafíos de los *drones,* y no siempre cuando se trata de disparar.

Pero eso era algo con lo que merecía la pena jugar. Había oído hablar de las pantallas asimétricas, pero nunca las había probado. El panel de control de un avión combina al mismo tiempo la visión óptica y la electrónica, pero el cerebro lo resume en una misma información: ruta, altura de vuelo, oponentes… Aquello era distinto. En la parte superior se gobernaba el aparato, mientras en la parte inferior se mostraban las acciones del supuesto escenario de combate, a través de sucesivas cámaras.

¡Había que ser al menos un A+ para jugar con aquello! No estaba al alcance de cualquiera, y menos la primera vez que se utilizaba.

También sabía que me daban aproximadamente dos minutos para familiarizarme con aquella máquina, y los aproveché: encendido, puesta en marcha de los rotores, manejo de timones, activación de cámaras, mecanismos de disparo, sustentación, giro... Pasado ese tiempo, la pantalla me preguntó: «Ready?». Sí, claro. Respiré hondo y flexioné mis dedos recordando pretéritos tiempos de ejercicios dactilográficos.

Una vez que acepté el reto, aquello me pareció más complejo de lo que esperaba. Había un giróscopo, un altímetro, un visor de potencia para cada uno de los cinco motores, indicadores de velocidad, dirección y combustible, un contador que medía en centésimas de segundo decreciente que partía de 30 minutos, que seguramente indicaba la autonomía del aparato... Además, por cada una de las seis cámaras había información sobre munición, visores de disparos... Era lo más complicado a lo que me hubiera enfrentado nunca, pensé mientras ponía aquello en movimiento y conseguía elevarlo del suelo.

El altímetro tenía un techo máximo de 60 pies y una banda roja hacia los 50, por lo que supuse que aquel juguete no se utilizaría en batallas aéreas. A pesar de sus cinco rotores, el gobierno de ese disco volador se hacía siguiendo las mismas leyes que las del vuelo convencional, y supuse que, en realidad, aquellas hélices bascularían en diferentes direcciones para que el aparato girase hacia los lados e incluso que rotase sobre sí mismo. No me habían dejado probar cuál era el ángulo máximo en que trabajaba, y qué ocurriría si lo superaba, pero para ser la primera vez no tenía intención de cometer imprudencias. Sospeché además que alguna alarma saltaría automáticamente si intentaba forzar sus características.

Durante un tiempo subí, descendí, me mantuve a quince pies del suelo, roté sobre su eje vertical... Sí, aquello se parecía más a un helicóptero que a un avión. Una vez controlada la máquina, me dediqué a echar un vistazo al paisaje bajo mis pies. Me sorprendió ver, a un lado de un camino, varios camiones, uno de ellos enorme y con una gran plataforma, quizá el sitio del que había despegado sin saberlo.

Supuse que, en realidad, las aspas deberían levantar del suelo grandes cantidades de polvo, y que la nave de verdad era inútil en la práctica, pero el realismo era asombroso. La visión era algo parecida a la infrarroja y debía filtrar la polvareda. Una figura humana pareció levantar los brazos, como saludándome. Parecía tan auténtico que estuve a punto de alzar mi mano.

No sé cuánto tiempo debió de transcurrir mientras lo probaba. Sobrevolé aquellos camiones, viajé en línea recta, comprobé la inercia del aparato cuando intentaba detenerme y suspenderme en el aire… La velocidad no era alta; el velocímetro ofrecía un máximo de 10 metros por segundo, pero ese juguete me recordó la agilidad y equilibrio de un colibrí libando entre las flores. Estaba claro que la evaluación que haría de aquel artilugio sería de 10 sobre 10. ¡Precioso!

Me sorprendieron sobreimprimiendo unas letras rojas en la zona superior de la pantalla: «Target, 2000 ft, NNW». Como en otras ocasiones, un punto verde marcaba la dirección sobre un semicírculo graduado. Maniobré y hacia allí me dirigí, calculando mentalmente: 2000 pies, 630 metros, a velocidad máxima, unos 70 segundos.

Ese tiempo me entretuve viendo las seis cámaras sobre el suelo, que en conjunto me ofrecían una vista aérea de 360 grados. La visión que ofrecían era gris, como correspondía a una visión infrarroja o nocturna. El mecanismo era sencillo a la vez que primitivo: pulsando los números 1 a 6, las cámaras ofrecían una visión panorámica de lado a lado de la pantalla, y resultaba simple ir de unas a otras.

A punto de llegar a mi destino, un débil pitido resaltó la cámara número 4. A varios metros sobre el suelo, dos figuras humanas parecieron levantarse, como fijando la vista en el aparato. Al tiempo, dos círculos cruzados por una mirilla se posaron sobre aquellas siluetas. No tuve más que disparar. ¡El juego era sencillo pero de una eficacia demoledora!

El aparato sufrió una sacudida. Bajo mis pies aparecía una suave ladera, y parecía que aquella máquina se acomodaba al terreno, y yo no tenía más que acompañarla para suavizar la bajada y enderezar el morro. Hacia el centro de las pantallas inferiores, las pantallas 3 y 4 ofrecían en visión nocturna varios paralelepípedos grises, que identifiqué en el juego como «casas». Ante una de ellas, un punto rojo brillante se desvanecía en un círculo violeta que parecía iluminar tres siluetas humanas, rojas por un lado, oscuras por otro. Tres hombres rodeando una fogata, pensé. Mientras me aproximaba vi que podía activar al tiempo las cámaras 3 y 4, cada una de las cuales ocupaba media pantalla del ordenador. De nuevo, los visores identificaron esas figuras y se fijaron sobre ellas. Disparé. Esas siluetas parecieron desmoronarse.

Fui acercándome. En el suelo seguía brillando la fogata y las casamatas ocuparon las pantallas 2 a 5. En esa visión ampliada, vi cómo otras siluetas humanas aparecían en las puertas, corriendo en distintas direcciones. Los visores automáticos de los disparadores los perseguían, y moviendo el *joystick* y apretando el gatillo vi que era fácil cazarlos. Lo hice: 1, 2, 3, 4..., con breves ráfagas. Resultaba divertido y, cuando uno se acostumbraba, relativamente sencillo. Fui aproximándome. Era previsible que hubiera más enemigos que batir y recordé ese juego de zombis en el que los programadores los fabricaban automáticamente.

.

Claro que aparecieron más, y entonces comenzó la batalla de verdad. Quiero decir, el juego de guerra que habría horrorizado a mi madre. Las siluetas se movían de un lado para otro y en ocasiones parecían desaparecer, como ocultándose tras las rocas o los muros de las casamatas. Recibí disparos, puntos rojos que estallaban en algunos lugares, mientras en la pantalla se me informaba de daños, escasos a juzgar por la puntuación y la barra animada: tres impactos sobre un total de unos 20 previsibles.

Me moví, ascendí, disparé, abatí. Fui tomando idea de las posibilidades de esa fabulosa nave, con la que me gustaría seguir practicando en ratos libres. Una luz naranja se encendió cuando aceleré al tiempo que trataba de superar una inclinación de 20 grados, lo que supuse que era un límite peligroso para la estabilidad del juguete. Mientras, el contador de bajas seguía ascendiendo: 10, 11, 12…

No es que me resultara divertido matar, ni siquiera en el juego, pero era un reto intentar mantener en equilibrio el aparato al tiempo que mis dedos volaban sobre cámaras y disparadores, como si tuviera escindido el cerebro y multiplicados los dedos de las manos. Por una fracción de segundo me distraje recordando mis clases de mecanografía de hacía tantos años, sin soñar que mucho tiempo más tarde me ganaría la vida con videojuegos que resultaban inimaginables en aquella época. En ese tiempo, recibí dos disparos más, y el contador verde indicó el 5 con un punto amarillo, en lugar de verde. Era fácil entender los códigos. Adiviné los siguientes colores en la escala: naranja y rojo. ¿Quizá, al llegar a la zona roja, dejaría de ganar los 300 euros?

Destruí todos los blancos. Cuando me acostumbré, vi que incluso dentro de las casamatas se me ofrecían siluetas más oscuras: atacantes que estaban a punto de salir por las puertas o asomarse a los rectángulos algo más claros de las ventanas. Pude anticipar sus movimientos y los abatí también, apenas salieron y se pusieron a tiro. Mi *score* subió a 27.

Hasta que todo pareció haber acabado no fui consciente del sonido, que también tendría que evaluar. Algo parecido a un «bip» identificaba el visor sobre un asaltante. Algo parecido a un «sap» acompañaba al gesto de ser derribado. Un sordo «zum» indicaba que me habían alcanzado. No me gustó que la musiquilla de fondo fuera una versión sintética de *La cabalgata de las valquirias*. Estaba demasiado visto ya en *Apocalypse Now* y me resultó poco original. También tendría que decirlo en mi evaluación.

Parecía que el juego había terminado cuando recibí otro disparo. Me fastidió haber incrementado la escala amarilla y perseguí al asaltante, disimulado en lo que parecía una grieta entre dos rocas, pues su fogonazo rojo venía de allí. No podía ver su silueta pero busqué rápido el icono de uno de los cañones y le largué una granada, cuya estela naranja seguí con atención. Su estallido produjo una esfera irisada primero, y un hongo violáceo después. Incluso ese efecto estaba bien logrado.

Giré despacio, observando con detalle la información mostrada por las cámaras. Me había acostumbrado a aquella visión nocturna. En la cámara 5 aparecieron dos manchas grises dentro de una caseta. Amplié la visión. No eran dos, sino tres, y una de las ventanas aparecía con un resplandor perlino. No quise interpretar qué había allí. Lancé una granada que entró por aquel hueco. De pronto, ese prisma pareció incendiarse, primero, y reventar después, dejando una huella anaranjada en esa zona de la pantalla. El sonido, un realista «brummm», acompañó a aquella furia de fuego. Y, entonces sí, todo pareció acabar. Unas letras rojas se impresionaron en la parte superior: «End mission. Score: 29. 100% enemies killed». A esto le siguió otra frase, un consejo intermitente: «Tip: destroy enemy buildings».

A salvo del fuego enemigo, ascendí hasta los 30 pies. Por debajo de mí, un montón de siluetas, levemente teñidas de naranja, me ofrecían una vista panorámica de ese escenario de guerra. Observé el tiempo: habían transcurrido solo 17 minutos desde que empezara el juego. Como solía ocurrirme con las simulaciones bien logradas, me pareció que había sido mucho más largo. Descendí y fui alejándome. Cuando llegué a la ladera por la que minutos antes había descendido, giré, enfoqué las cámaras frontales sobre los cuatro edificios que aún estaban en pie y disparé otras tantas granadas. Mi puntería seguía siendo excelente, incluso a esa distancia. El último de los estallidos me regaló un precioso castillo de fuegos de artificio. Por lo que veía, había destruido el polvorín enemigo.

Tomé tierra sobre la plataforma dos minutos más tarde. Apagué motores y desactivé los instrumentos. En total, había tardado 21 minutos, dentro del tiempo de seguridad. Sonreí satisfecho cuando La Fábrica me dio las gracias. Sentí mucho que aquello no se hubiera prolongado más.

¡Me gustó ese ingenio! ¡Me encantó el reto de multiplicar mis terminaciones nerviosas, mis dedos, mis ojos...!

Cuando apagué el ordenador, me sorprendí por los colores refulgentes de los objetos en mi habitación. Casi, casi, me sentí defraudado por no ver más allá de lo que las puertas y paredes ocultaban.

Apenas eran las 10.30. Lástima no haber quedado con Patricia a esa hora, aunque ya era tarde para llamarla.

ID: 80278720

To: Headquarters Division Advanced War (DAW), Washington, DC

Origin: F. W. Oates, E-9 DAW / M. J. North, E-4 DAW, Siracusa, NY

Title: About the use of civilians in military missions

CLASSIFIED

Report two/#3: The inevitable human monitoring

El sueño de los primeros diseñadores de drones era dotar a estos aparatos de la inteligencia suficiente para realizar autónomamente sus misiones. La mejora en los sistemas GPS, de los procesadores de imágenes, del ancho de banda en telecomunicaciones y de los sistemas de apoyo en tierra y aéreos han multiplicado hoy al menos por 100 la potencia de observación y combate de los actuales UAV, en relación con los primeros construidos. Es previsible que los próximos años esa capacidad se multiplique por 10, todo ello achacable al progreso tecnológico.

En diciembre de 2011, un moderno RQ170 de once millones de dólares fue interceptado por fuerzas aéreas enemigas utilizando un software disponible comercialmente cuyo coste es de $26. Por otra parte, y después de una apuesta de $1000, investigadores de la Universidad de Texas interceptaron y tomaron el control de un drone. Es sabido que en este momento se buscan sistemas de encriptación eficaces que impidan el acceso a los procesadores de un UAV. También se sabe que la protección perfecta no existe, pero se pretende utilizar algoritmos que impidan el acceso en un tiempo no menor de tres horas, lo que se considera un tiempo de seguridad aceptable.

Se estima que dentro de diez años, el territorio de EEUU será sobrevolado por 20 000 drones, en tareas de vigilancia policial, de tráfico y medioambiental. A pesar de que quizá estos aviones no tengan una masa mayor de tres kilogramos y no vayan armados, cada uno de ellos puede considerarse un misil en caso de ser utilizado por manos enemigas, si es dirigido a un blanco sensible, como un avión de pasajeros o un edificio.

En el terreno militar, ese margen de tres horas no es suficiente cuando se trata de aviones armados con bombas láser o misiles de alta precisión. Se calcula que hacia 2050 se desarrollarán sistemas invulnerables a la interferencia humana, pero hasta entonces el operador humano será indispensable cuando se trate de tomar decisiones rápidas.

Desde hace años, neurólogos, psicólogos e ingenieros de sistemas estudian las reacciones de sujetos en situaciones de combate a través de los videojuegos. Las acciones de los mejores jugadores del mundo han sido grabadas y analizadas mientras operan en red, y distintos técnicos han determinado que no hay ni puede construirse en los próximos 10 años ninguna máquina que supere la rapidez, la creatividad, la iniciativa y la fiabilidad de los jugadores humanos. De nuevo, se supone que es en 2050 cuando las máquinas podrán igualar o superar las habilidades globales de un jugador humano rápido y bien entrenado.

Por lo anterior, y hasta que se llegue al horizonte de 2050, parece aconsejable que todas las misiones rápidas que impliquen la destrucción de objetivos enemigos en tiempos de guerra sean llevadas a cabo directamente por usuarios humanos, como hoy ocurre con Peter A. y con Andrew S. Incluso aunque se interfirieran o bloquearan las comunicaciones, podrían hacerse cargo del aparato y decidir, en último extremo, su autodestrucción.

Sin embargo, nuestro país no cuenta ni contará en años próximos con suficiente personal cualificado. Tampoco tenemos ni debemos limitar la búsqueda de este personal dentro de nuestras fronteras.

¿Cuál es la solución a este doble problema?

VEINTITRÉS

Pasé el sábado enfadado y comiéndome el tarro. Cuando llamé a Patricia esa mañana me dijo que tenía una fiesta familiar y que no podía quedar conmigo. Lo interpreté como un gesto de despecho por no haber salido con ella el viernes. Para castigarme, ya que mi madre no lo hace, tampoco llamé a mis amigos. No me apetecía volver a la imparidad en el grupo, ahora que había conseguido por fin alguien que me acompañase.

Comprendo que no estuve muy delicado con mi madre ese día. Dejé que fuese sola a la compra, pretextando que tenía mucho que estudiar, y me tiré un par de horas en la habitación, culpándome por haberla dejado sola con el carro de la compra pero incapaz de salir a su encuentro. La hacía responsable de todo: de mis ataduras filiales, de la anulación de mi padre e incluso de la muerte de mi hermana, por ese empeño suyo de convertir en tragedias lo que no eran sino simples dificultades.

La comida fue tensa y mi conversación se limitó a monosílabos. A medida que me sumía en ese pozo de silencio, más me arrepentía de mi actitud, pero no podía hacer nada por remediarlo. Llegó un momento en que pensé que era exactamente como ella. También ella castigaba con el mutismo cuando alguien la disgustaba. Recordaba escenas entre mis padres. Él volvía de trabajar a casa y saludaba con esa inconsciencia suya, no exenta de alegría: ¿Qué tal las cosas por el castillo? ¿Tenemos una buena langosta para cenar? Mi madre respondía con un bufido, a saber por qué mohoso conflicto entre ellos.

Mi padre, minutos después, también se sumía en el silencio, qué iba a hacer. Mi hermana se movía como un espectro entre sus silencios, tratando de no contrariar a ninguno de ellos y de servir de intermediaria en sus necesidades. Yo, por aquel entonces, creía que el mundo era así: los padres tenían su mundo oscuro y conflictivo; a la primogénita le correspondía conciliar; el hijo pequeño era un espectador pasivo.

Cuando Lucía murió, mi pánico era tener que ocupar su papel. Yo no servía para arbitrar entre mis padres. Me decanté por uno de ellos, por el que me parecía más débil. Me alié con mi madre. Fui su sombra.

Supongo que cuando uno crece comienza a tomar conciencia de lo que ha sido su vida. Sí, es verdad que la alienación de mi padre comenzó antes de la muerte de Lucía, pero ahora supongo que era una manera de escapar de la realidad o, por lo menos, de no sufrir demasiado por ella. Luego, la realidad fue demasiado dura para todos. En este barrio hay realidades ásperas como la lija. Después de todo, y a pesar de todo, mis padres han salido bien librados. Podría poner ejemplos.

El sábado por la noche, mis aprensiones parecieron esfumarse. Recibí una llamada de Patricia. Me preguntó qué tal había pasado el día. Bien, muy bien, le respondí. Había estado trabajando toda la tarde, le aclaré tan embustero como lo había sido siempre mi padre.

Quedamos el domingo. Al día siguiente me costó trabajo explicar a mi madre que no comería en casa, que lo haría con amigos, que sí, que comería bien, que no llegaría demasiado tarde…

Fuimos a un vegetariano, la primera vez que entré en un restaurante de ese tipo. Por supuesto, dije que me entusiasmaban las berenjenas, las ensaladas e incluso el tofu. Por un momento imaginé la vida al lado de Patricia, comiendo toneladas de tofu.

Confieso que cada vez me gusta más estar con ella, y estar a solas. A diferencia de otras chicas de clase, tiene ese tipo de conversación que a uno le incita a seguir pensando. No es que hable de libros y películas, que también, sino sobre otros muchos asuntos relacionados con los estudios, el futuro, el mundo cotidiano y el distante, las aficiones y las dificultades. Y lo hace con una naturalidad que envidio. Por ejemplo, cuando me dice que un tío suyo está en la cárcel, por no sé qué trapicheos económicos. Yo, en cambio, no tengo nada que contarle.

Esa tarde, antes de ir al cine, dimos un largo paseo hasta la plaza de España. El día era cálido, prologaba el verano, y había mucha gente por las calles.

Patricia y yo íbamos de la mano y yo no dejaba de observar otras parejas, a veces abrazadas, otras besándose a la vista de todos, en algunos casos con los dedos de ella o de él metidos en la cinturilla del pantalón del otro, a veces con una mano descaradamente cerca del pecho de su chica… Al llegar a la plaza, algunas parejas se tumbaban en la hierba, en posturas que a mí me habría gustado compartir con Patricia: ella recostada sobre la tripa de él; él con la mano en el vientre de ella; los dos con una pierna entrelazada, los dos morreándose…

Me preguntaba si yo comenzaba a estar enamorado de Patricia. ¿Desearla era una manera de demostrar que me estaba enamorando?

Me atreví a contarle a qué me dedicaba.

¿Me quieres decir que te pagan dinero por probar videojuegos?, me preguntó, incrédula.

Sí, los pruebo, hago informes, con eso los mejoran y se evitan errores; no sabes lo complicado que es eso, le repliqué justificándome.

Bueno, imagino, pero nunca pensé que a alguien le pudieran pagar por eso; quiero decir, a nadie que yo pudiera conocer, aclaró.

Bueno, yo tampoco lo imaginaba hace años, pero ya ves. Aunque parezca mentira, el mundo de los videojuegos mueve más dinero que los libros, el cine y la música juntos. No se lo dije por darme importancia.

Supongo que así va el planeta. Eso explica muchas cosas, remachó.

Me parece que los problemas del mundo no se deben a los videojuegos; las guerras, los ladrones, las crisis y otras cosas existían mucho antes que los ordenadores, ¿no te parece?

Sí, claro, pero todo eso es una manera de alienar al personal; supongo que abres un videojuego, te dedicas a matar marcianos y te olvidas de los problemas, argumentó.

Hay otra forma de verlo, le repliqué: La gente mata marcianos y canaliza su agresividad; mejor matar marcianitos que no acabar a tiros con los vecinos, ¿no te parece? Además, seguí, no todos los juegos tienen que ver con marcianitos; eso es muy antiguo.

Marcianitos, pelotas de goma, patitos o elefantes, da igual; a la gente le da por disparar o machacarlos a pedradas.

Eh, eh…, la contradije: Primero, no todos los juegos son de matar, y segundo, es una forma de desarrollar habilidades.

Vale, sí, respondió condescendiente, y siguió: Ya sé que hay sudokus, crucigramas, ahorcados y *scrabbles* por ordenador, pero todo eso se puede jugar en tableros, con papel y sobre todo en compañía. Remachó: Los juegos por ordenador fomentan el individualismo.

¡No tienes ni idea!, me atreví a contradecirla. Hoy en día, los mejores juegos son los que se practican en red, a veces con colegas situados a mil kilómetros de distancia. E insistí: Mirado de otra forma, fomentan la comunicación y el compañerismo, como el correo electrónico, el *Twitter* o el *WhatsApp*. También tienen sus riesgos de vicios, claro…, acepté. ¡Pero es como todo en la vida!

Ya dábamos vueltas alrededor de los cines, tan enfrascados en la conversación que ni habíamos leído la cartelera. Entonces, ella preguntó:

¿Y tú a qué juegas ahora? ¿Cuáles son los juegos que más te gustan? ¿Los sangrientos, con vísceras y todo eso?, añadió burlona.

Me gusta probar *drones*. Pero también me encantan los de estrategia y los que desarrollan el coco o alguna habilidad.

Pensé que con ese argumento había ya suficiente y traté de cortar: ¿Qué? ¿Te apetece alguna peli? Son todavía las cinco y media.

Pero a ella no le apetecía soltar el tema de conversación. *¿Drones?* ¿Qué son los *drones?*, quiso saber.

Aviones sin piloto, dije, y aclaré tratando de dar por cerrada la conversación: En realidad son como de aeromodelismo; antes se manejaban con un mando a distancia, ya sabes, pero ahora se manejan por ordenador.

Me detuve ante las carteleras de un cine. No tenía ni idea de qué iban las películas y prefería que ella eligiese. Mis amigos y yo a veces nos guiamos por detalles inconfesables del cartel o por esas hojas que reparten con el argumento. Quiero decir, cosas que no conviene confesar a una chica. Patricia se detuvo a mi lado, pero estaba decidida a seguir un tema que le resultaba polémico. Ya he dicho que a ella le encanta polemizar. Y parecía tener cierta información:

¡Ah, ya!, dijo como cayendo en la cuenta. ¿Los *drones* no son esos aviones espía que están tan de moda ahora? Sí, hace poco venía una noticia en un periódico; con uno de esos aviones habían matado a no sé cuántas personas no sé dónde...

Sí, bueno, pero eso no son juegos, repliqué un poco hosco, al tiempo que recordaba mi *nick,* algo que por nada del mundo le confesaría. Y seguí con lo que me interesaba: ¿Conoces alguna de estas pelis?

Sí, había oído hablar de una, a la que pasamos. Yo habría preferido una de ciencia ficción, pero vimos un mediodramón inglés, cuyo título ya ni recuerdo. Yo tomé su mano y pasamos media película agarrados, hasta que la mano se me durmió; no quería soltarla, pero me alegró que ella lo hiciera, buscando al mismo tiempo una posición más cómoda.

Al salir hablamos un rato de la película, y ella me dio una interpretación en la que no había pensado. Se notaba que leía y, además, según me había dicho, su padre tenía un montón de cintas de vídeo y de DVD. Una vez más, lamenté el escaso abono cultural con el que yo había crecido.

Ella volvió al tema:

Lo de los *drones,* por mucho que digas, es como jugar con tanques y cosas así; a mí me parece un poco inmoral. No sé...

Joé, tía, eres como mi madre.

Bueno, si a tu madre también le asquean los juegos de guerra, pues eso que tenemos en común.

Vale, pero te aseguro que a mí lo que me gusta son los retos: despegar, aterrizar en condiciones difíciles, orientarme sin instrumentos... Cosas así. Mentí descaradamente, recordando el juego de dos días atrás.

Bueno, supongo que si es como dices...

Y de pronto cambió de tema. Satisfecha su curiosidad, hablamos de Helena y de Abel, de Andrés y de Marta. De sus deseos de estudiar Medicina. De la fiesta familiar de la víspera. De sus próximas vacaciones, que sus padres querían pasar en el sur de Francia.

Yo estaba secretamente fastidiado. Y me esforcé por no ser como mi madre, por no sumirme en el pozo de silencio y esconderme en su sombra. Fui amable con ella, y me interesé por detalles que ella me contaba, y traté de recordarlo todo para no meter la pata en próximas conversaciones.

Pese a todo, como mi madre, cuando llegamos cerca de su casa no pude evitar una pregunta que tenía un punto de acidez:

Oye, ¿no has cambiado por fin el nombre cursi de tu correo electrónico?

Ella se volvió, me sonrió, aproximó su rostro al mío y me dijo como si fuera una confidencia:

Estoy en ello, bobo.

Sin que lo esperara, sentí sus labios en los míos y mi lengua rozó la suya durante un par de segundos. Me asombró la cálida dulzura de su saliva y quise más, más...

Nos despedimos algo más tarde. No dejé de mirarla hasta que se perdió en el interior de su portal. Me gustaba esa chica. La deseaba, claro.

Y cómo...

VEINTICUATRO

Hace tiempo que no me llama Catarina. En lugar de eso, me envía correos, como le sugerí, pero confieso que me gustaría escuchar su voz cuando me felicita. Sus correos son elogiosos pero fríos. En el mundo real no hay nadie que pueda aplaudirme. Sé que el otro día lo hice bien, pero en realidad Assassin no existe en este mundo.

Catarina me pedía un encuentro con Chandra. Por supuesto, le dije que sí, ya no sé discriminar si es por prurito personal o por una razón económica. Quizá me esté pervirtiendo y deba volver a la época de las gratificaciones escasas y las satisfacciones secretas y sencillas.

Anoche hablé con mi madre. No tenía intención de ello, salió así.

Las circunstancias no importan. Recuerdo que estábamos cenando. La tele, como siempre, ponía un fondo de ruido a lo que suelen ser silencios salpicados por conversaciones insustanciales. Le solté a bocajarro:

Mamá, ¿qué sentiste cuando murió Lucía?

Se me quedó mirando con cara de asombro y por un instante temí que rompería en llanto y me arrepentí por la pregunta. Mantuvo el tipo cuando me respondió con voz serena:

No te lo puedes imaginar, hijo; sentí mucha tranquilidad.

Su respuesta me desconcertó. En ocasiones había imaginado que esa pregunta desbordaría un río de lágrimas y en lugar de eso me encontraba con que mi madre aquietaba mi estremecimiento. Siguió:

Cuando falleció, Lucía ya llevaba varios días muerta. El segundo día del hospital los médicos nos dijeron que su cerebro había dejado de funcionar y que ya nunca se recuperaría. Esos días, mi miedo era que nos dieran lo que quedaba de tu hermana diciéndonos: tengan, llévensela a casa y cuídenla. Habría sido terrible para todos.

¡No lo sabía! Si me lo hubieran preguntado, habría jurado que uno de esos días en que fui al hospital hablé con Lucía y que jugamos al parchís. Los recuerdos son de verdad traicioneros. Mi madre calló y yo quise saber más, porque algo no acababa de cuadrarme:

Pero tú te enfadaste con papá porque querías que buscase otro hospital en el que la curaran. ¿No es así?

Mi madre puso un gesto de extrañeza cuando me respondió:

¿Curarla? Nos dijeron que a tu hermana era imposible curarla. Fue tu padre el que quiso cambiar de hospital porque deseaba que siguiera viva a toda costa y discutimos mucho por eso. Era como si se hubiera vuelto loco. No le importaba tener un cadáver viviente en la habitación durante años y años. Quiso traerla a casa incluso cuando nos dijeron que se había apagado del todo. Menos mal que acabó muriendo. Yo ya me había despedido de Lucía el segundo día del hospital, pero tu padre no, ya sabes cómo es, que le gusta que el mundo sea como él quiere que sea.

Ahí acabó todo, si quitamos que mi madre me dijo que no me inquietara por ella, que estaba bien y que lo que tenía que hacer era preocuparme de mí, que tenía la vida por delante. La ayudé a secar unas cazuelas mientras ella fregaba y le di un beso antes de ir a mi habitación.

Sentí ganas de hablar con Patricia. No le habría contado nada sobre la charla con mi madre, pero me habría gustado escuchar su voz. No podía sustraerme a los moscones de la memoria, que revoloteaban a mi alrededor: Lucía preparándome el desayuno cuando yo era pequeño, Lucía permitiéndome hacer trampas en la oca o con las cartas, Lucía transmitiendo mensajes de acá para allá, Lucía contándome cuentos por la noche para que pudiera dormir...

No lloré, aunque creo que me habría hecho bien poder hacerlo.

Me encontré con Chandra el jueves. Había imaginado un escenario distinto, muy distinto. Como en otras ocasiones, él eligió el ambiente, los protagonistas y las armas, decidido a ganarme, sin saber que yo soy todavía mucho mejor que él.

Mi personaje era un tipo alto, barbudo y de aspecto desaliñado, vestido con una gabardina larga de color marrón. Yo, él, caminaba por la calle concurrida de una gran ciudad y, como siempre, era asombrosa la verosimilitud de las animaciones: mujeres bien vestidas que se cruzaban a mi paso, niños que charlaban a su vuelta del colegio cargados con sus mochilas, ancianos que descansaban sentados en los bancos o ancianos como mendigos arrastrando sus pies por las calles. No entendía el propósito del juego aunque ese hombre alto y barbudo miraba de vez en cuando hacia atrás, y sus ojos revelaban una gran preocupación, quizá pánico.

Había pocos iconos en la pantalla. Un recuadro daba acceso a un plano de la ciudad, las bocas de metro, escaleras y paradas de autobús. Un símbolo identificable como el de una pistola permitía utilizar un arma, pero no sabía dónde estaba. La experiencia me había enseñado a manejar individuos como si se tratase de objetos, y aquel desconocido no se alejaba de los códigos: podía pararme, volverme hacia atrás, correr, sortear o saltar obstáculos. Mis brazos podían golpear, sujetar algunos objetos e incluso acceder a mi propio cuerpo, y sabía que ni en la cintura, en los sobacos o en los bolsillos tenía acceso a esa pistola.

No me dieron instrucciones de juego, pero parecía evidente que yo huía y que alguien me perseguía. O me cazaba él o le daba caza yo. Al llegar a una esquina, me oculté y accedí al plano. Un punto rojo, en esa misma calle, parecía marcar a mi perseguidor, pero al volver la vista por la esquina el lugar estaba tan poblado de gente que no distinguí a nadie que pudiera serlo. ¿La mujer del maletín y los zapatos camperos? ¿Un hombre con camiseta llamativa de color rojo? ¿La pareja joven que charlaba animosamente? Aquello era idiota, y por un instante estuve a punto de apagar el ordenador, pero mi curiosidad pudo más.

¿Qué pretendía Chandra? Matarme, sí, pero ¿por qué?

Caminé con prisa y entré en una tienda de ropa. El escaparate permitía observar el paso de los viandantes, que vigilé tras un maniquí. Accedí al mapa. El punto rojo se encontraba justo tras el escaparate. Cuando agucé la mirada para distinguir su rostro, el vidrio se trizó y cayó en pedazos, mientras una bala pasaba silbando cerca de mi rostro. Solo poco después oí el ruido del disparo, y me pregunté si las cosas son realmente así, si es posible que uno no oiga el bramido que causa su propia muerte.

No contaré todos los detalles. Salté por encima de un mostrador notando el siseo de otra bala a mi espalda, subí unas escaleras, accedí al piso superior, me descolgué por la escalera de incendios adosada a una ventana, me encontré de nuevo corriendo por las aceras... Por algunos momentos me distanciaba del punto rojo y yo trataba de identificarle sin conseguirlo. Otras veces, el mapa indicaba a mi enemigo algunos metros por delante de mí, oculto tras un buzón o protegido por una esquina. Yo lograba esquivarle, pero ¿por cuánto tiempo?

Como en una película, bajé al metro saltando los torniquetes de acceso. Tomé un tren. Mi perseguidor logró tomar el siguiente vagón; no había manera de despegarme de él, quizá con un mapa como el mío, en el que tal vez yo no era más que un punto negro.

El hombre barbudo, yo, él, adelantó hasta la cabecera y trató de acceder al vagón anterior, pero la puerta parecía bloqueada. Mi mapa mostraba el punto rojo en la cabecera del siguiente, pisándome los talones, seguramente también impedido de acceder al vagón en que viajaba. Abrí la puerta cuando el tren frenó y accedí al andén. Una masa humana me ocultaba de mi asesino. ¿Por qué?, me decía. ¿Cómo sería Chandra? ¿Qué personalidad habrá elegido para sí?

Logré salir a la calle ascendiendo las escaleras de dos en dos y de tres en tres, sorteando a gente con menos prisas o cargada de maletas. En la calle, crucé por la calzada, sorteando coches con verosimilitud de acero. El mapa se cerraba al cabo de dos segundos y me impedía adelantar los movimientos de Chandra, pero por fin, agazapado tras una jardinera, logré ver parte de su aspecto. ¡Un hombre alto, joven y delgado!

Logré adelantarme y acecharle, sorteando obstáculos, escondiéndome entre la multitud o acuclillándome tras algunos coches. En condiciones paritarias, estoy seguro de que podría haber tomado mi arma y disparado sobre él, pero estaba en clara desventaja. ¿Qué pretendía? ¿Un combate cuerpo a cuerpo? Los había practicado hacía tiempo, y me resultaban detestables esos movimientos artificiales, copiados de malas películas de kungfu, peleas aderezadas con sangre e incluso con dientes rotos que solo estimulaban los instintos más primarios, sin dejar lugar a la estrategia o la inteligencia. ¡No pasaría por eso!

Por fin comprendí algo. Apareció la única pistola que había visto en el juego. La llevaba un vigilante de seguridad que parecía salir de un banco. Corrí, golpeé su rodilla y le arrebaté el arma, dejándole tendido en el suelo. No me gustó, pero tenía ganas de acabar el juego.

Seguimos persiguiéndonos. Logré dispararle una vez, pero eludió mi bala. Accedí a un callejón en penumbra y allí le esperé. El punto rojo venía por la derecha, y juraría que a menos que tuviera un detector como el mío, no habría percibido mi ocultación. Vi pasar a algunas personas entre la luz de los dos paredones. Calculé que Chandra aparecería en cuatro segundos, en tres, en dos, en uno… Alcé mi arma y apunté a la altura del pecho de un hombre alto, con el dedo en el gatillo.

No había previsto su trampa. A la altura del pecho de ese hombre apareció el rostro de una muchacha joven, que él sujetaba con fuerza con su brazo. Él alzó su pistola y yo no apreté el gatillo.

Lo que me asombró fue que ese hombre que me perseguía era yo mismo. Un hombre alto y asustado, con barba incipiente, algo más joven que el personaje que yo representaba. ¡Pero yo mismo!

Entonces, él disparó y yo morí.

La pantalla viró al negro.

Por unos segundos, me pregunté cómo y por qué. Estaba fatigado y confuso por ese absurdo juego, por su estúpida finta.

¿Chandra se creía por aquello mejor que yo? ¿O me estaba diciendo que él y yo somos lo mismo? No, me dije: No soy como él, yo no haría eso.

Fui a apagar el ordenador. Al acercarme me sorprendió un mensaje:

«Sorry! ;-)».

ID: 80278720
To: Headquarters Division Advanced War (DAW), Washington, DC
Origin: F. W. Oates, E-9 DAW / M. J. North, E-4 DAW, Siracusa, NY
Title: About the use of civilians in military missions
CLASSIFIED
Report three/#3: The pitfall

La solución es hacer creer a videojugadores, cómodamente sentados en el salón de su casa, que están compitiendo con otros jugadores humanos o desarrollando misiones de combate virtuales, utilizando en nuestro favor, y sin que lo sepan, sus habilidades y potencialidades.

Para demostrar esta posibilidad, detallaremos a continuación nuestra intervención con uno de estos usuarios, al que llamaremos A.

VEINTICINCO

Si uno viviera dentro de un videojuego podría ensayar las jugadas y aprender a esquivar los golpes o a no hacer daño. A cada paso sabría si lo ha hecho bien o no, e incluso recibiría felicitaciones.

En el mundo real, hasta casi el final no sabes si lo has hecho bien o no. Y entonces, apenas hay solución.

Observo a mis padres. Cada uno de los acontecimientos de sus vidas les ha conducido al lugar en que se encuentran, incluyendo la desgraciada muerte de Lucía. De alguna manera, todo es para ellos mejor que cuando salieron del pueblo hace mil años. De alguna manera, siguen atados a la fatídica rueda en que giraron sus padres cien generaciones atrás.

¿Y yo? En el mundo real soy Sebastian, sin tilde en la a, un chico difícil según mis profesores y algunas personas que me conocen. Soy nadie.

En otro mundo me llaman con un nombre inconfesable y soy admirado por mis méritos, pero ese mundo no existe. No consiste más que en una disposición ordenada de *bytes* y luces de colores en una pantalla.

Supongo que a todos nos llega el momento en que comienzan a ocurrirnos cosas buenas. Patricia es una de las que me corresponden, quizá lo más interesante que me haya ocurrido en mi aburrida vida.

Ella sigue pensando, como mi madre, que hay cierta obscenidad en algunos juegos de ordenador, pero el mundo real es mucho más áspero, más cruel, más despiadado. No hay más que recorrer la escalera de este edificio para comprobarlo, salir a la calle o viajar en el metro.

Lo mío no son más que juegos, inocentes juegos.

¿Cómo hacer frente a un enemigo que ataca sin compasión, artera y subrepticiamente? ¿Cómo protegerse y dónde esconderse? ¿Hasta cuándo tendremos que soportar el ataque de unos invasores que proceden ora del norte, luego del lejano oriente? ¿Qué pecado habremos cometido, a los ojos de Alá, para que sea tan porfiada nuestra desgracia? ¿Y por qué Él no convoca, como nos prometió, un torbellino de furia que acabe de una vez por todas con los infieles que nos provocan y asaltan? ¿Qué será de nosotros y, sobre todo, qué será de nuestros hijos…?

Hazrat Banaras paseaba por los alrededores del poblado, llevando del brazo a su mujer, Deeba, buscando sendas compasivas con la dolorida rodilla de él y con los ojos casi incapaces de ella. Ahora que no formaba parte del Consejo de Ancianos tenía más tiempo para sí y para su esposa, y a ambos les gustaba ascender cuando cerraban la tienda hasta la chata güera desde donde podían observar el atardecer. Muchos años atrás, grupos de muchachas, entre las que estaba ella, solían esperar allí a grupos de jóvenes, entre los que estaba él. Hacía ya mucho de aquello, antes de la Primera Guerra, que no había sido más que una de tantas.

No hablaban, apenas. Ya no lo necesitaban porque se lo habían dicho casi todo. Pero entre ambos persistía el cariño y el respeto que prescribía el Profeta para el hombre y su mujer.

Mientras observaba el cielo límpido y el sol que estaba a punto de ponerse sobre las lejanas montañas, Hazrat se repetía, como si fuese una plegaria: ¿Por qué el enemigo nos ataca tan despiadadamente? ¿Quiénes son esos que cabalgan tan mortíferos aparatos? ¿Cuándo Alá los expulsará de nuestras tierras? ¿Qué será de nosotros…?

ÍNDICE

Uno 7

Dos 11

Tres 17

Cuatro 23

Cinco 31

Seis 39

Siete 43

Ocho 51

Nueve 55

Diez 61

Once 67

Doce 75

Trece 83

Catorce 91

Quince 101

Dieciséis 107

Diecisiete 113

Dieciocho 121

Diecinueve 127

Veinte 137

Veintiuno 145

Veintidós 151

Veintitrés 163

Veinticuatro 171

Veinticinco 179